【犬と魔法のファンタジー】

田中 ロミオ

イラスト＝えびら

KEN to MAHO no FANTASY

NOVEL | TANAKA ROMEO

ILLUSTRATION | EBIRA

登場人物

ふりがな	ほね くだき	身長200センチメ越えの大男。筋骨隆々。首府の宮廷大学に在籍する三年生。
	チタン骨砕	
ふりがな	く る くら	チタンの大学の学生ではないが、外部生として大学組合に所属。
	ヨミカ来倉	
ふりがな		チタンの馬鹿男子仲間。ドワーフ。
	ルター	
ふりがな	いの づき	チタンの馬鹿男子仲間。現代に残る数少ない黒エルフ。
	ロエル猪突	
ふりがな		チタンと同じ大学に通う王族の子弟。
	ヤンゴーン	
ふりがな		中年冒険者。チタンの通う大学の冒険組合の大先輩。
	ケントマ	
ふりがな		チタンの所属する大学の冒険組合の組合長。意識が高い。
	イディア	
ふりがな		チタンの組合の新入生。歌唱偶像集団エルヴィンの一員。
	チアリー	
ふりがな		チタンの組合の新入生。歌唱偶像集団エルヴィンの一員。
	クイン	
ふりがな		チタンが冒険で保護した白い犬。
	シロ	

デザイン／佐々木基（LALA HANDS）

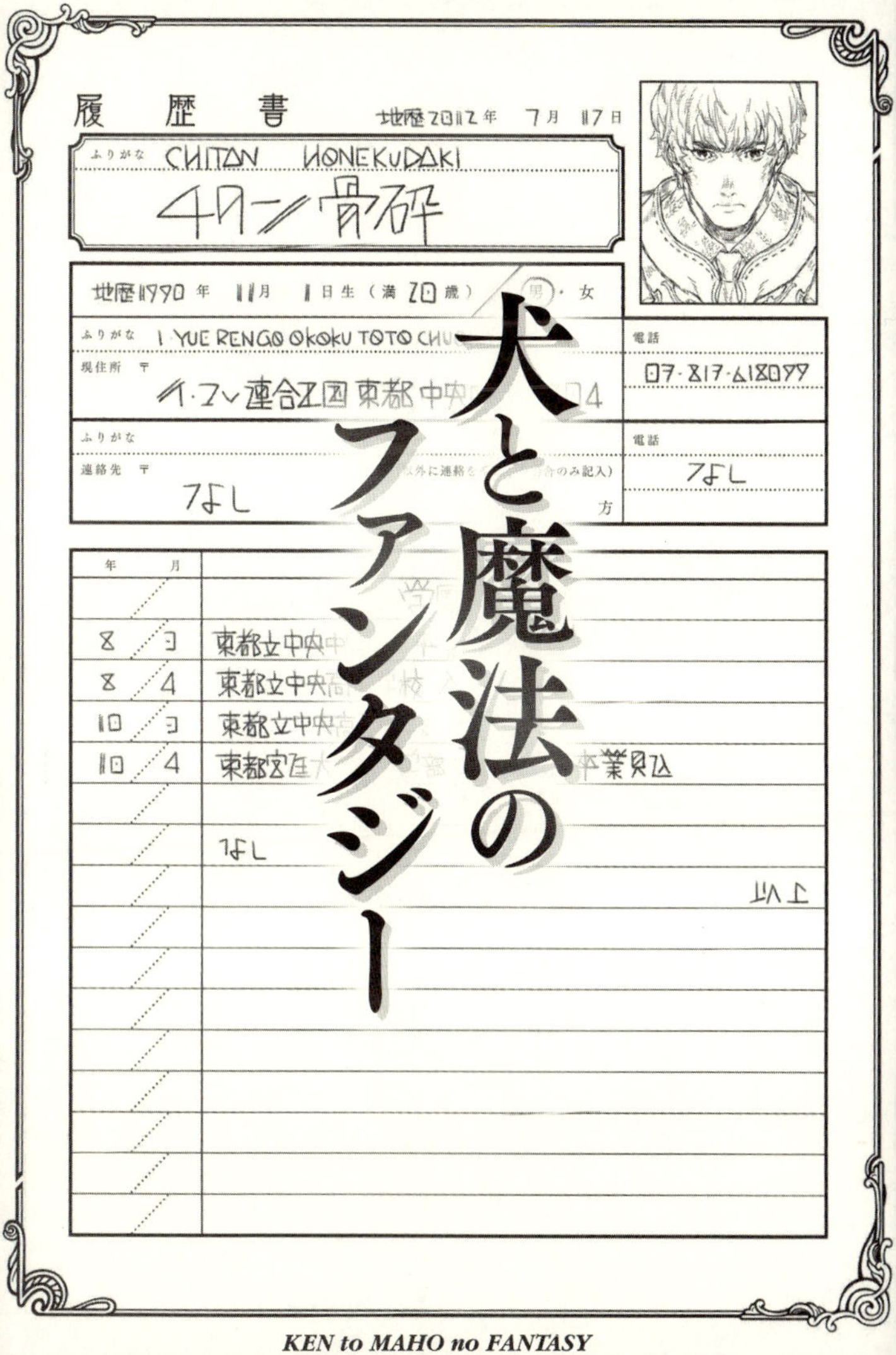

犬と魔法のファンタジー

KEN to MAHO no FANTASY

血を吸ったように赤い敷物の上、三人の若者が跪《ひざまず》いている。

三人とも、揃《そろ》えたような黒い鎧《よろい》を身につけていた。

騎士だろうか。国家に尽くす武人めいた出《い》で立ちからは、そうと思える。

だが違う。

若者たちが身につけているのは、生地《きじ》に申し訳程度の金属を編み込んで仕立てた、甲冑《かっちゅう》由来の商用衣類である。今日《こんにち》、甲冑といえばこうした布製のものを指す。

あまり着る機会のないものである。

そうしたごく限られた用途のひとつに、謁見《えっけん》……一般的には別の呼び方をされることが多いが……があった。

若者たちは謁見に臨《のぞ》んでいるのだ。

彼らの目の前には、同じく三人の壮年男性が座っていた。

こちらの格好は、簡素で実用的な商用衣であり、正装とまでは言えないものだ。これは若者らに比べ、地位が高いことを意味していた。

「面《おもて》を上げられよ」

壮年のひとりが告げた。

若者たちが顔を上げる。この際、作法通り、兜《かぶと》は左脇に抱《かか》えておく。床には置かない。非礼にあたる。騎士のならいだが、彼らは騎士ではない。では何者か?

三人のうち、もっとも大柄な男が、こう名乗った。

「と、東都《とうと》宮廷大学、詩学部、文芸学科三年、骨砕《ほねくだき》家長子、チタンと申しまする!」

そう。彼らは大学生。

ただの大学生ではない。就職活動中の大学生である。

チタンと名乗った大男に続き、残りふたりも大学名と名前を明らかにする。

今行われているのは、集団謁見である。

より一般的な言い方をすれば、集団面接となる。

本日はじめて居合わせる大学生らがまったく同じ格好をしているのは、同じ騎士組織に属するからではなかった。

謁見において、着ていくべき甲冑は、紺か黒、無地のものに限られているからだ。

誰が定めたわけではないが、自然とそうなった。

「結構。さっそく質問に移りたい」

三人の自己紹介が済むと、座した壮年男が宣言した。

いよいよ面接のはじまりである。

三人の若者は、脳裏に響く戦笛《せんてき》の音を聞いていたことだろう。

「それじゃ、まず、自らの美点と思う部分について、それぞれお聞かせ願おう」

面接官の男はチタンにてのひらを向けた。

あらかじめ想定していた問いかけに、チタンは力一杯答える。

「自分は、主体性と協調性には自信があります！」

「ほう」

面接官が満足げに頷《うなず》いたので、大男・チタンは安堵《あんど》した。

だが続けざまに発せられた質問に、思考が凍りつく。

「では、それらを活かして問題を解決したことがおありか？」

答えられなかった。

長所とそれにまつわる体験談。これらは対《つい》で準備しておくべきもので、当然ぬかりなく〝作って〟あった。その作り話を、とっさに思い出せなかったのだ。

緊張が、チタンに失念をもたらした。

早く答えねば、と焦《あせ》れば焦るほど、記憶は砂のように流れていく。

しくじった。

主体性と協調性をかけあわせた成功体験談を、あまりにも複雑に作り込みすぎた。

緊張という破城槌《はじょうつい》が、一撃で砂城を粉砕してしまった。

チタンの作った成功体験は次のようなものである。

大学の組合活動で、冒険行に出る計画が持ち上がった（実話）。人選をどうするかで複数名の立候補者が出たが（創作）、決まらず言い争いとなった。そこでチタンは調停役を買って出て（創作）、皆をなだめ争いを見事におさめたのだが（創作）、この活躍で周囲の者からの人望を集めすぎてしまい（創作）、冒険団の代表として推挙されてしまった（実話）……という壮大な英雄叙事詩であった。

話の八割が創作では、暗記するにも無理が出て当然だ。

「ゆ、友人に、そのような立派な人間であると、言われたことが……ありまする」

どうしても思い出せず、このような回答となってしまった。

「さようか」

面接官は短く受け、手元の羊皮状紙《ようひ》に何事かを書き込んだ。

それだけのことに、ひどく落ち着かない気分になる。

他のふたりは、同じ質問にこう答えた。

「私は剣こそ不得手ですが、この舌鋒《ぜっぽう》はなまじの剣よりよう く切れまする。弁論大会ではさんざん鳴らしたものでして、どんな相手であろうと瞬時に懐《ふところ》に飛び込み、その言論的のど笛に迫ることができますれば、あとは生かすも殺すも自由自在……」

「なんと申しましても、私の特技は段取りをおいて他にはございませぬ。人・物・場所の手回しが必要な時、我《わ》が才能は遺憾《いかん》なく発揮されたものでした。学祭ともなれば、私の周囲には目には見えぬ渦が生まれるのです。その物流という名の渦は……」

そこまでやるか。

チタンはふたりの語りを、粘《ねば》ついたような気持ちで聞いた。

事前に文章を作り、諳《そら》んじてこなければ出ない言い回しだ。

抑揚《よくよう》までつけて、さぞや修練を重ねてきたのだと思われた。

自分も同様のことを成そうとしながら、強く反感を抱《いだ》いた。

チタンのその思いは、面接に意気込む気持ちから分離し、はるか後方に引っぱられていった。

だが、その置いて行かれた方こそが、自分そのものである気がしてならなかった。

「結構」

面接官が満足げに頷《うなず》いた。

手元に書き付ける時間も、チタンの時より長かった。

「では次に、我が商会への加入を希望する理由をお聞かせ願う」

ふたりはこう答えた。

「その問いには、ただこうとだけ答えまする。御会《おんかい》の生産的な商業活動に、私の能力が合致していると確信しているからです。需要に対して供給することこそ商業の本質と諸氏は言いますが、私はむしろ、需要を自ら創出することこそ……」

「物を売るという行為において、品質や宣伝といった要因ばかりが取り沙汰《ざた》されますが、私が好奇心をそそられるのは、物流の無駄を排することで……」

ふたりが流暢《りゅうちょう》に答える間、チタンは準備しておいた回答を舌の上で転がした。

「チタン殿、貴兄の志望理由はどのようなものかね？」

「自分は、なんと申しましても成長です！」

「成長とな？」

「はっ。商業活動を通じて、視野を広げ、経験を積み、人間として飛躍的な成長をとげたいと考えておるのです」

会心の回答。最高の答え。それを成したと感じた。

横の細面《ほそおもて》らが、チタンを横目で一瞥《いちべつ》した。どちらの顔に浮かんでいたのも、幽《かす》かな同情であると知れたのは、ずいぶん後になってからである。

「なるほど、実に感服した」

「恐れ入りまする」

浮かれかけたその時、気付いた。面接官の顔から、表情が失《う》せていたことに。

「だが当会は、貴兄の成長のためにあるのではない。我々《われわれ》は、そなたが大学でどれだけ成長してきたかの結果を、今聞かせてもらいたいのだが？」

その三〇分後、チタンは足を引きずるようにして道を歩いていた。

大きい。

身の丈《たけ》は二〇〇センチメの大台を超えている。

通りを行き交う人々の中で、頭ひとつ突き出ていた。

巨漢は、横にも大きい。

棍棒《こんぼう》のような骨を、強靱《きょうじん》な筋が縛り上げてある。それらを薄い脂肪の層が包む、実に堂々たる巨軀《きょく》である。

人々も道をゆずる。初対面ではそうなる。

だがどこか、長く見るうちに気が緩むというか、思うほどには危険がないような気がしてくる。そんな寝ぼけているような顔の男だった。

大学の所属組合では、チタンはオーガ（人喰い鬼）などと呼ばれている。

あだ名にしては、少しからかいの含みが強い。

そう扱って差し支《つか》えないような雰囲気《ふんいき》が、男にはあるのだ。

だからだろうか。

だから、面接でも良い扱いを受けられないのだろうか。

先の面接は、完全に負け戦《いくさ》だった。結果が来るのはしばし先だが、待つまでもない。

落ちていよう。

緊張はもちろん、準備不足も大きい。認識も甘かった。人物像の作り込みがあまりにも手ぬるかった。

一度、面接会場から駅《うまや》まで戻ってきたが、とてもまっすぐ帰宅する気にはなれない。さりとて、暇《ひま》つぶしに遊戯場や賭《かけ》投石に興じる気分でもない。

ひどい気分だった。

「おい兄さん、ぼんやり歩いてるんじゃない。死にたいのか」

車道から怒声がして視線を向けると、就活用の甲冑《かっちゅう》を着た若者が、道路の真ん中で立ち往生していた。ぼんやり横断しようとして、轢《ひ》かれかけたようだ。

衝突しかかったというのに、ぼんやりとした顔を自動（馬）車の御者《ぎょしゃ》に向けていた。その若者の顔は、今まで死者の国にでも迷い込んでいたかのように、青白かった。

「……あやつもか」

胸の苦しみを覚えたチタンは、そこから逃《のが》れる鍵《かぎ》を取り出すかのように、懐《ふところ》から携帯伝話《でんわ》端末を引っ張り出した。

上部の物理鍵盤《けんばん》を押すと、高解像水晶板が淡い魔法の燐光《りんこう》を発した。遠い昔、魔女や占星術師が使っていたという道具が、今はこんなものになっていた。

易者《えきしゃ》が遠く離れた別の易者に意思を伝えるために編み出した術が高度に発達し、伝書網で世界中の人々を繫《つな》げている。
実体のともなわぬ繫がりである。
だとしても人は、そうしたものに溺《おぼ》れている。
端末で使える魔法は、伝書分野に限られるとはいえ、星の数ほどある。その中でもとりわけ有名なものが、一四〇文字の短文を世界中で共有できる無料公益魔法、ヒウィッヒヒーだ。

草食オーガ ☆ 1分前
集団面接、またも大敗を喫した。俺以外のふたりは、おそらく通った。なぜきゃつらは、ああも口が達者だ？ どうやったらああできる？

水晶に表示された仮想鍵盤《けんばん》を弾くように入力、投書した。これで投稿文は世界中の誰でも読める。とはいえ実際に反応してくれるのは、生身の付き合いがある友人くらいのものだ。社会と接続されたい。そういう思いは、人である限り共通のものである。

『ついに上陸！ イ・ユーの民よ、これが本当の冒険だ！ 主演ロイド・ナボリックス！ 主題歌エルヴィン！ 今夏公開！』

冒険。

その一言に、チタンは居心地《いごこち》の悪さを覚えた。見上げれば、高層塔に設置された巨大水晶器が、新作映劇の宣伝を垂れ流している。

逞《たくま》しい半裸の男が、剣を手に、魔獣と戦っている。

美しいエルフの娘が、魔法を放っている。

ドワーフの老人が、不敵に笑って片目をつぶってみせる。

ホビットが、黒エルフが、オークが……とまあ、いろいろと出るようだ。

いかにもな大作時代劇である。海の向こうで撮られる大作には、全ての種族が必ず小さからぬ役割を与えられて登場する。人種問題への配慮なのだ。

現代人が失ったものが、ここにある。

宣伝はそう惹句《じゃっく》を続けた。

失ったのではない。

チタンは訂正する。通り過ぎたのだ。

未踏の地を夢見て、若者たちが冒険の旅に憧《あこが》れたのも、今は昔。

昨今の若者の切実な望みは、無事に就職できるか否《いな》か。それのみだ。

地歴二〇〇〇年へと突入した新時代も、すでに十数年が過ぎている。

冒険に夢見た時代は、とうの昔に終わっていた。

帰って着替える心の余裕はなかった。

甲冑《かっちゅう》姿のまま酒場に寄った。

「イディアという名で席を取っているはずだ」

受付でそう告げると、ホビットの店員は無愛想《ぶあいそう》な顔で、二階に、と言った。

二階は間仕切りのない大空間となっていて、大小いくつかの卓《たく》が設置されていたが、ほぼ満席に近い状態だった。

数十人の若者の会話が重なり、鐘《かね》を割るような騒音となっている。

その中で、比較的落ち着いた様子で話し込んでいる集団があった。

「……だから社会と世界というのは、似《に》て非《ひ》なるものなわけだ。その中で、俺たちにできることというのはまず感性と悟性《ごせい》に基づく……」

高邁《こうまい》な内容の話に、円卓を囲む男女が信者のように聞き入っていた。

話しかけるのにためらったが、到着を告げておきたかった。

「悪いイディア、いいか」

話していた男が、振り返った。

「……おお、チタンか。遅かったたな」

外向けに作られた柔和《にゅうわ》な笑みが、さっと引っ込んだ。

「先に参加費だけ払っておきたいんだが」

そうすれば、いつでも好きな時に抜けられる。

「この壊乱的状況を見てくれ。こんな中、ひとりふたりが好き勝手に先払いをしたらどうなると思う？」

イディアは足を組んだまま、悠然と両腕を広げてみせた。それは一部の者によって、師イディアによる愚者に対する基本講義姿勢と揶揄《やゆ》されているものだった。

「終わる時に一斉に徴収するから、その時にしてくれるか」

チタンは口ごもった。事情があるのだが……と言いかけたところで、イディアは会話に戻ってしまう。

取り残された形になり、チタンは口をつぐんだ。

座る場所を探したが、どこも人でいっぱいだった。

体が大きいと、こういう時にも苦労をする。

「おいチタンよ、こっちだ」

広間の横にいくつか並ぶ個室のひとつから、細く黒い腕が突き出ていた。

個室も全て貸し切りになっているようで、全室扉が開け放してあった。

「ロエル、いい場所を取ってくれたな」

身をかがめて招かれた個室に入る。

四人が入ればもう満杯という空間には、すでにふたりの先客がいた。

ひとりは長身瘦軀《そうく》、ひとりは短軀《たんく》という、漫談師を思わせる二人組だ。ここに、チタンという大巨人が加わると、大中小のようなことになる。

「あちらは騒がしすぎて声も通らんからな。来て速攻で押さえたのだ」

黒い肌の瘦軀が、自慢げに言った。

「椅子《いす》をふたつ確保しといてやったぞ。使うがいい」

髭《ひげ》もじゃではあるが、どこか幼さの残る顔立ちの短軀が、机の反対側を示した。チタンの尻は、椅子ふたつでなければ収まらないのだ。

「ありがたい、ルターよ」

酒場の小さな椅子をふたつ並べた場所に、チタンは腰を落とした。

それで、個室は満席となる。

チタンはこの日一日で、もっともほっとした気分を味わった。

気遣いのいらぬ悪友との時間ほど、心安らぐものはなかった。

三人は体格もちぐはぐなら、種族も違っていた。

瘦軀は黒エルフ、短軀はドワーフだ。

そしてチタンは人喰い鬼《オーガ》……ではなく人間。

奇妙な三人組であった。

「完全武装とは、無粋《ぶすい》だの」

ルターが言った。

「就活は戦場だからな、仕方ない」

「無粋というよりは、珍妙《ちんみょう》だぞ」

ロエルがおなじみの毒舌をふるった。

「この俺にしても、ようやく慣れてきたばかりでな」

就職活動をはじめたばかりの頃、甲冑《かっちゅう》で大学に立ち寄るのが恥ずかしかった。実のところ、最初はわざわざ自宅に戻って私服に着替えていたほどだ。

ほどなく周囲にも甲冑姿が目立つようになり、同時に就活というものが力の限りを要求する戦いであることを実感するにつけ、そうした些末事《さまつごと》に意識が向かなくなったのだ。

「変なものを発明するのは、いつも人間だな」

ロエルが献立表《こんだてひょう》を寄越しながら言う。

「おぬしが愛用している緑の外套《がいとう》も元は軍ものなのだぞ」

「あれは洗練されているから良いのだ。だがその甲冑はいただけんな。俺が子供の頃には、そんな妙なものは誰も着ていなかった。騎士といえば、皆本物の甲冑を着ていたものよ」

「騎士って……一〇〇年前の話かの？」

ルターが突っ込む。

「さすがに一〇歳の記憶まではないが、まあ三〇歳くらいか」

「わしらが生まれていない頃の話されてもな」

「ルターはいくつだったか？」

「わし、今、五六」

「どうもぴんと来んな……すまぬ、トリビーを大杯で頼む」

死んだ目で飛び回る店員をつかまえ、麦酒を注文する。

エルフやドワーフなどの長命種族は、成熟の速度も寿命に準じている。各種の社会制度も、それを考慮したものとなる。

よって年齢こそ違えども、三人はともに大学三年生なのだ。

「まったく人間は、成人年齢が早くて大変そうだの」

「大学に入ってたったの四年でもう卒業とは、考えられん」

寿命も就学期間も長い二種族には、人間の就活のつらさは実感しにくいものなのだろう。

酒が運ばれてきて、三人は乾杯をした。

「大義である」「大義である」「大義大義」

言い合って杯を傾けはじめた。

何が大義なのかは誰もわからない。こういう席では、そういう風にするものだと、大学生活を通じて知った。

酒とともに注文した揚げ物が、一息遅れでやってくる。

「やけに早いな」

「噂《うわさ》だがの、この酒場には調理場がないとか」

「それでどのように料理を出す」

「冷凍食品を霊子《れいし》かまどで、ちん、とやっているだけとか」

「嘘《うそ》だろう？」

「いや、知り合いの知り合いがここの賃仕事をしていたとかで……」

そんな戯言《ざれごと》を交わしながら、チタンは添えられていた柑橘《かんきつ》類の果実を、指先でひねり潰《つぶ》す。果汁が揚げ物の上にまんべんなくふりかかる。種はこぼれない。種ごと、指で押し潰している。驚くべき指の力だが、今更《いまさら》誰も驚かない。そのかわり行為自体が問われた。

「おい、人の許可も得ずに、そいつをかけるんじゃない！」

いきなりロエルが怒った。

「こうすると、うまい。栄養素も補える」

「嫌いなのだよ。それに皆でつまむものに、勝手な味付けをするのは身勝手というもの。常識ではないか。図体ばかりか、心まで蛮族《ばんぞく》に堕《だ》したか？」

「うるさいことを言うやつがいたものだ。ならば自分でもう一皿注文するがいいわ！」

「そういうことを言っているのではない！　この常弱《じようじやく》めが！」

ルターがひとり、酒を飲みながら黙って聞いていた。

止める必要のない口喧嘩《くちげんか》、じゃれあいなのだ。

人喰い鬼《オーガ》と邪悪《じやあく》な黒エルフが言い争うのだから、入学当初はずいぶんと肝《きも》を冷やしたものだが、この頃ではすっかり慣れてきた。

「そういえばチタンよ。また落ちたそうだの」

彼ら流の〝催《もよお》し〟が終わったあたりで、ルターは切り出す。

とにかくそれが気になっていた。

「ヒウィッヒヒーで見たのだ」

「おお、落ちたとも。壮絶《そうぜつ》に討《う》ち死にしたわ」

「おおかた、面接で上がってしまったのだろう」とロエル。「おぬしは存外、小心だからな」

「否定はせん。だが、隣のふたりがあまりにも卑劣《ひれつ》でな。きゃつらと来たら……」

ロエルとルターは興味深くチタンの失敗談に耳を傾け、そして笑い飛ばした。

「おぬし、そりゃ被害妄想《ひがいもうそう》が過ぎるわい」

「俺に言わせれば、そのふたりの方がよっぽど賢い。人間にしてはなかなか合理的な思考ではないか」

チタンは不機嫌そうにうなる。

身から絞り出した失敗談も、ふたりにかかっては酒肴《しゅこう》に過ぎぬようだ。

「商会なのだから、口のうまい者が有利というのはわかるがな。しかし総合職だぞ？　似たようなやつばかり雇《やと》ってどうとする？　俺のような者は要《い》らぬのか？　俺は、要らぬ子か？」

ふたりは顔を見合わせた。

ドワーフは問う。

「チタン、おぬし、その格好で面接に行ったのか？」

「おうとも。就活応援割引券と会員割引を駆使して、三八〇〇〇円が半額。帷子《かたびら》一着もついて、一万円金貨二枚で釣りが来た」

「教えてやると、半額の方が本来の値付けなのだ」

ロエルは皮肉げに言った。

「まあ値はどうでもいいんだがの。甲冑《かっちゅう》の下につけている、ほれ、その帷子。確かそいつは白が決まりなんじゃなかったか？」

甲冑の下には、鎖《くさり》帷子を身につける。

商用であろうが、事情は同じだった。

鎖を模した太糸で編まれた、鎖帷子由来の衣類を着用するのが流儀とされる。

その色は、誰が決めたか白銀と定められている。ところがチタンの着ているそれは、薄い黄色が入っていた。

「これは、俺に合う寸法がなくてな。ほとんど扱われていない大きさだからな」

「特注すれば良かったのではないか」とロエル。「というか、なぜ最初から特注する心積もりで動かなかった？」

チタンにとって、それは痛いところを衝《つ》く指摘だ。

「……店で、特注すると割引対象外と言われてな。選べる中で着られるものが、この色だけだった。そして他で頼もうにも、すでに面接日は近く、間に合いそうになかった」

「常識弱者め。自業自得《じごうじとく》ではないか」

「会場ではさぞかし目立ったろうよ」

「ああ、黄色は俺だけだった。皆、白だった」

わかっていたことだ。事前に伝書網で調査し、就活支援情報は暗記できるほど目を通した。それでもぬかった。

手際良く生きたいと常々願っている。それでも手抜かりが出る。

チタンはそういう男である。

「大男、総身に知恵がなんとやら、と言うからな」揚げた芋《いも》を口に放り込みながら、ロエルが容赦なく言った。「チタンよ、伝書網がありながら常識弱者はいかんぞ」

「言われずともわかっている……」

悄然《しょうぜん》と肩を落としたチタンは、目の前で冷めてしまった肉串三本を、それぞれ指の合間に挟み取って一気に横食いした。

　肉はもうすっかり冷えて固くなっていた。


　会話と酒で、すっかり緊張を解きほぐしきった頃合いだった。

　広間から、どっと沸き立つ様子が伝わってきた。

　何事かと、個室の面々も顔をのぞかせる。

　全員が立ち上がっていた。個室組にいた者たちも気を引かれ、皆顔を出していたが、人垣ができており中心はよく見えない。

　一部の人間を囲んで、大いに盛り上がっているような雰囲気《ふんいき》である。

　いやな感じだ、とチタンは思う。

「おい、あれはどういう騒ぎなのだ？」

　ロエルが通路のあたりから立ち見をしていた仲間に尋《たず》ねると、こう返ってきた。

「俺もよく聞こえなかったが、イディアのやつが起業するらしい」

「何!?」

　反応したのはロエルではなく、チタンの方である。

「あやつが起業……だと？」

　イディアというのは、こういった人物である。

未来樹　☆　47日前
昨夜は二時間しか眠れなかった。眠ろうとしても、創造力が溢《あふ》れすぎて、どうにもならない夜がたまにある。最近は自制できていると思ったが、久しぶりに来た。人に聞いてみると、あまりないことらしい。

未来樹　☆　36日前
ある種の魚は、泳ぎを止めると呼吸ができず窒息してしまうと聞く。人間も同じだと思う。考えることを止《や》めた瞬間、意識は死にはじめる。世界は動く死人で満ちている。

未来樹　☆　29日前
社会人と商会員は違う。その差異を理解しなければならない。人は皆、社会的な存在であるべきだが、商会員的存在へと至ることは義務ではない。考える必要がある。そのことに気付いただけでも、真理への道筋、五メーテル前進。

未来樹　☆　18日前
組合代表という立場は、先人から受け継いだもの。この仕事には充実を覚えているし、不満はない。たがたまに、こんな未練も出る。自分で新団体を立ち上げてみるのも創造的であったな、と。俺はそういうことをすべき人間だと思うから。

未来樹　☆　9日前

なぜ冒険組合かと問われる。理由は簡潔にして明白。それは人と関わること全てが、冒険と呼べる行為だから。対話とは、目隠しと手探りで行われる行為だ。相手の心は見えず、触れすぎれば礼を失する。綱《つな》渡りに等しい緊張が、そこにはある。


「……読んでも、よくわからんのだが」

伝書網で履歴をたどったルターが、首を傾《かし》げた。

「わかる必要がある文章ではない」

広間をしきりに気にしながら、チタンは説明にならぬ説明をした。

「こういう小難しいことは、よくロエルが喋《しゃべ》くっておるのう」

「イディア殿と俺はまったく違かろうよ。まあ彼の主張には、わからんでもないところはあるが、本質的に別種のものだ」

「どのあたりがだ?」

「それはその、立脚点とかだ」

目の前の会話にどうしても集中できず、チタンは個室を出た。

広間の中央には、人が多すぎて行けない。

外周から、身長を活かしてのぞき見た。

「つまり、就活に苦しむ学生たちを連帯させ、支援をしようということでな」

輪の中央では、イディアが群衆に向かって弁舌爽《べんぜつさわ》やかに語っているところだった。

「一言で申せば、就活支援商会、ということになる」

群衆が感じ入ったようにどよめく。

「イディアよ。そいつは、うちの大学内だけの話なのかい？」

付近の学生が問いかけた。

「いやいや。全ての大学生が対象だ。一応は商売なわけだからな。手広くやろうと思っているとも。もっとも最初のうちは、小さな動きにならざるを得ないがね」

「組合代表は辞《や》めちゃうの？」

別の女子学生が訊いた。

「まさか！　学生と組合代表と商会長、三足の長靴《ながぐつ》を履《は》かせてもらうつもりだ」

再び、群衆がどよめいた。その群衆というのは、イディアの取り巻きのような学生たちである。だが学外の知人をも招いた今日、その人数は普段よりもずっと多い。

「じゃあおぬしは就職はせんのだな」

「ああ、一般的な組織で、俺の個性を活かすのは難しいだろうしな。それに就職活動に費やす時間を、より創造的な試みに費やしたいとも思っている」

　イディアが立ち上がる。

「ということで、就活戦線に身を投じている諸君。是非我《ぜひわ》が商会を頼ってもらいたい」

　一瞬の静寂《せいじゃく》の後、ぱらぱらとした拍手が起こりはじめ、次第にそれは大きく、熱狂的なものへと変わっていった。

　チタンは拍手できなかった。ふと隣を見ると、そこにいた他校の学生も、間違って変な宗教団体に迷い込んでしまったかのような、不安げな瞳《ひとみ》をしていた。


　個室に戻ってから、酒の味がわからなくなった。

　空腹は最高の調味料と言うが、心の不安定は逆に味を損《そこ》ねるのだろう。

　不安定の原因は、うまく言葉にできなかった。

　イディア、起業、就活支援。

　そんな言葉が脳裏を巡っていた。

「そなたら、就活は？」

　すがるような気持ちで、目の前のふたりに問う。

「今のところ、特には考えておらんの」とルター。

「俺が就職するにふさわしい商会でもあれば、いつでも卒業してやるのだがな」とロエル。

いずれも煮え切らぬ答えだ。

種族が違うと、人生観は噛《か》み合わない。

これは長命種族のための猶予《ゆうよ》制度が大きく絡《から》む。

エルフのような極端に寿命が長い者は、何年留年しても良いからだ。

人間基準で一年分の成熟に、長命種は何年もかかる。

そのことが考慮された制度である。

もちろん限度は設定されるが、やろうと思えば二〇年、三〇年と行けてしまう。

二年目からの学費は極端に下がる。人間が一年分の学費で得るに同等の教育を、長命種も受ける権利があるとされるからだ。

だから、ロエルもルターも、三年生になったというのに就職説明会にすら出ていない。

甲冑《かっちゅう》も揃《そろ》えていない。

そんなような話を聞かせると、ロエルが鼻で笑った。

「人間がおかしいのは、今にはじまったことではない。俺の親父殿に言わせれば、おぬしら人間は発達や変化が早すぎて、おかしくなっておるのだそうだ。確かに俺から見ても、皆で社会的狂奔《きょうほん》に陥《おちい》っておるように思うわ」

「就活については、いざやるとなれば、おぬしも他人事《ひとごと》ではないのだぞ」

チタンは言い返した。

「……ま、正味の話」ロエルは少し砕けた言い方をした。「何年か待ち、売り手市場になってから就活した方が賢いぞ？」

「おのれ。邪悪《じゃあく》な黒エルフめが」

チタンは過酷な現実を思い知った。

そして不意に、別の現実を思い出す。

「……いかん、犬に餌《えさ》をやらねば」

「ああ、そういえば、今日は組合棟には誰も残っていないのだったな」とルター。

「誰か他の者が、ここに来る前にやってくれたと思うか？」

ふたりは頭を振った。

「では見てこよう」

「我《われ》らもつきあうかの？」

「いや、結構だ。これ、イディアに払っておいてくれ」

参加費の千円銀貨三枚を机に放り、チタンは店をあとにした。

軌車《きしゃ》に乗って三駅で下車、徒歩一五分かかる大学までの道を歩む。

都心に一本で乗り入れることのできる駅《うまや》であるからか、大学以外にとりたてて見るべきもののない土地でありながら、それなりに発展している。

高さのまちまちな雑居塔が林立しており、店子《たなこ》には学生目当ての安酒場や食堂が多い。今は夜ということもあって、人通りには酔客が目立った。

盛り場では、ただ図体が大きいだけで絡《から》んでくる輩《やから》もいる。

チタンは大股で大学に向かった。

あっという間に雑然とした街並みは後方に流れ去り、もろともに人気《ひとけ》も消えた。ごく小さな範囲の繁華街なのだ。すると一転して、長閑《のどか》な住宅街があらわれる。

その背の低い民家の向こうには、優美で軽やかな様式を誇《ほこ》る、宮廷大学一号館が浮かび上がっていた。

選び抜かれた曲線で構成された、大宮殿を想起させる白の偉容に、醜悪な部分はただの一か所も見当たらない。この東都《とうと》大学の象徴でもある一号館に魅《み》せられて受験する者も多いと聞くが、無骨なチタンの目には二年生の時まで通っていた第三敷地の老朽化著《いちじる》しい一五号館よりはだいぶいい具合だな、くらいのものとしか見えなかった。

携帯で確認すると、組合棟の消灯時間が迫っていた。

チタンは目的地に急ぐ。

正面大扉は閉じていたので、横手にある小扉に回った。薄暗い遊歩道を横切り、組合棟に近づく。消灯時刻が迫っていたが、文化系学生組合が入居している文化館の窓からは、いくつも光が漏《も》れていた。

チタンの所属するのは、冒険組合という団体だ。

創部一六〇年にもなる、学内でもっとも歴史ある団体のひとつだ。

今まで多くの有名冒険者を輩出してきたという実績を誇《ほこ》り、一年を通じ山嶺《さんれい》から地底まで、あらゆる冒険に挑《いど》むことで強靱《きょうじん》な肉体と高潔な精神を養うとかいうことになっているが、実態としてはほぼ飲酒組合であった。

今や、冒険に出るのは年に一度か二度、それとて積極的に行きたがる者はほとんどいない。大学に入ってまで運動などしたくはないが、手軽に仲間と一体感が欲しい、そんな人間が集まる組合と成り果てていた。

まさしく大学生活にそういう憧《あこが》れを抱いて入会したチタンだったが、今にして思えばもう少し考えるべきだった。

その文化館の裏手にまわり、人工林に囲まれた厩舎《きゅうしゃ》に行き当たった。馬上槍《やり》組合と乗馬組合が管理するこの辺りは、構内で動物を飼える数少ない場所のひとつだ。

道具置き場に行き、開封済の餌袋《えさぶくろ》を探すがなぜか見つからない。仕方なく新品の袋を開けた。餌袋と水の器を抱《かか》えて、今は使われていない第二厩舎に入る。

「シロ、飯《めし》だ」

そこに先客がいたことに、チタンは驚いた。

「む」

「あ」

ヨミカ来倉《くるくら》——

互いの顔を認識した瞬間、なんともいえぬ雰囲気《ふんいき》が漂《ただよ》う。

できればそうしたいが、さすがにこの鉢合わせの状況で互いに無視することは難しい。チタンは挨拶《あいさつ》を口にしようとしたが、相手の方が一瞬早かった。

「宴会、行かなかったの?」

よそよそしさと、それなりの親しさの、中間にあるような声音《こわね》だった。

「まさか犬の餌をやりに来た、とか?」

純粋な疑問のような、どこか咎《とが》めるような、どっちとも取れる語調だった。

含みのある会話は苦手だ。

チタンは挨拶を嚙《か》みつぶした。

「シロの餌なら、あたしがやっておいたよ。かなりおなかすかせてたみたい。もうちょっと早い時間にあげた方がいいかもね」

ヨミカの足下に犬小屋が置かれており、その前で一匹の白い犬が食事をしていた。

その様は、まさに飢えていた、と表現できる。

まるで呼吸困難であるかのように苦しげな様子で、食器に顔を突っ込んでいた。

よほど空腹だったのだろう。

いつもはもっと、ぼそぼそと食べる、食の細い犬だ。

こんな日に限って、という言い回しがあるが、まさしく今使うべき言葉だった。普段、組合で飼っている犬の世話をしているのは、チタンなのである。

本当に、この女とは、うまくない。

もちろん、軽々しく口にできることではない。

もしそんなことをすれば、明確に敵意があることを表明してしまう。

それは、極めてまずい事態を引き寄せる。

チタンのような大柄な男は。

相手を非難する時には、それがどんな正当性があろうとも気をつけねばならないのだ。

そういう事に関しては、目の前にいる女の方がはるかに達者だ。

「ああ……今日は面接にくわえ、酒宴まであってな」

「知ってる。あたしも呼ばれてたから」

無言となったチタンに、娘はさらに言葉を投げかける。

「最初に顔だけ出して、抜けてこっちに来たから。そんな日だから、誰も餌《えさ》やってないかもと思って」

「そうか」

一言、詫《わ》びを入れる局面なのかも知れない。

だがそうするには、抵抗があった。

「そいつは手間をかけたな。あとは俺がかわろう」

「もう終わっちゃったけどね」

「……そうか」

「そうか、ばっかりだね、オーガ君」

笑いもせずに指摘した。

普通、こういった話題は冗談めかして口にするものだ。

それをしないだけで、相手の自分に対する感情が透けて見える。

おそらく、ヨミカは自分を怒らせたいのだと思う。そうすれば、被害者ぶってみせて、こちらが悪党ということになるから。

そうやって、帳尻を合わせようとしているに違いなかった。

気に入らん。

文句のひとつも言い返したい。

悪手であるとわかっていても、なお強くそう思う。

「ヨミカ姫《ひめ》、食器洗い、終わり申した！」

チタンの気持ちをそらしてくれたのは、皮肉なことにヨミカの取り巻きのひとりだ。

シラーという名の三年生。詩学部教育学科。人間。

鼻がひどく高いという以外は、とりたてて特徴のない男だ。もらったばかりの親の仕送りをつい投石の賭博《とばく》に興じてすってしまったとか、そんな話を何週間か前に少しした。だらだら過ごす大学生を地でいくような人物だった。

「ありがとう、シラー君。助かっちゃった」

「姫のためならばおやすいご用……おや、チタンか？　なぜここに？」

なるほど今週のお供はシラーなのか、とチタンは内心でせせら笑った。

ヨミカのお供は交代制。

週に一度は別の人間に切り替わる。

「いやいや、困ったところを見られてしまったな。チタンよ、このこと、くれぐれも皆には内密に頼むぞ？　噂《うわさ》になったら困るからな」

妙に上擦《うわず》った声で、言われてしまう。

その顔には言葉を裏切るような期待と喜びが、ありありと浮かんでいた。

「……承知した。決して言うまい」

約束されると、シラーのまぶたが力なく垂れた。

「じゃあ行こうか、シラー君。つきあってくれて、ありがとうね」

ヨミカがシラーの腕を、軽くつかむ。

男の全身がかすかに弛緩《しかん》するのが、傍目《はため》にも理解できた。

シラーを導くように先に外に出し、ヨミカだけが振り返って言った。

「今日はあたしたちがいたから良かったけど、次からはもう少し注意した方がいいね」

「……今日は、たまたまだ」

「一回でも起こっちゃ駄目なんじゃない？　飼い主としては」

正論の側《がわ》に位置取るのがうまい。

チタンは言い返せない。

ヨミカの言《げん》を認めぬわけにはいかなかった。

面接が終わってから餌《えさ》やりに戻らなかったのは、確かに自分の落ち度だ。

だが人間、失意のあまり身動きの取れない時とてある。

そんな時に限って、こうなのだ。

苛立《いらだ》ちから、チタンは失策をしてしまう。

言い返してしまったのだ。

「確かに俺にもいくらかの過失はあろう。だが、そもそもシロは組合全体で世話をすることになっていたはず。皆でそう決めたではないか。なぜ俺だけが飼い主扱いされる？」

シラーを追い出したヨミカが、大粒の黒真珠《くろしんじゅ》のような瞳《ひとみ》でチタンを見据えた。

「はあ、そもそも、ねえ。だったら、そもそもシロを拾ったのはあなたでしょ？」

黙るしかなかった。

沈黙したチタンを一〇秒は目線で縫《ぬ》い止め、反論が来ない様《さま》に満足したように、ヨミカは厩舎《きゅうしゃ》の扉を閉めて去った。

きゃん。

足下で白い犬……シロが、チタンを見上げて一度だけ、小さく鳴いた。

チタンはしゃがんで、その頭を撫《な》でてやった。

痩《や》せこけて、いまいち不健康そうな犬である。

だが少しだけ毛並みが整っていることに気付く。

誰かに毛繕《けづくろ》いをしてもらったのだ。

そもそもシロを拾ったのはあなたでしょ？

事実だった。

時は、二年ほどさかのぼる。

†

学生団体とはいえ、冒険組合というからには冒険をする。

というより、しなければならぬ。本来は。

大学側も課外活動を通じ健全なる徳性が涵養《かんよう》されることを期待するからこそ、予算をはじめ様々な面で助成をしているのである。活動の実体を失った組合は、部室棟を追い出される定めである。たとえ実態が〝飲酒組合〟であろうが、最低限の冒険は必要だ。

大手組合に属することは、大学生活における大きな優遇と等価である。

さて、そもそもにして冒険とは何だろう。これは一言で語れる。

盗掘である。

違法行為。

捕まったら即斬首《そくざんしゅ》という時代もあった。実は今でも一部辺境ではそうだ。

ところが文化財保護の視点がない中世、こうした盗掘犯が捕まることはまれであった。

古代遺跡に侵入し、値打ちものを探し出して持ち去る。これはちょっとした金になる。

そうした古い遺跡の中には、古代の罠《わな》がいまだに残っているものもあった。魔獣やならず者が根城にしているということもあるだろう。

次第に盗掘屋は、徒党を組むようになる。取り分は減るが、安全性が増す。

盾《たて》持ち、槍《やり》使い、盗賊、魔法使い、治療術士。

専門職が増えると、できることも増えてくる。

彼らはめぼしい遺跡がない時、貴重な鉱物や天然物を探しにも行くようになった。

過酷な土地にしか存在しない、価値のある物品はいくらでもあった。

そうした知識についても、魔法使いがいくらでも持っていたものだ。

文化が成熟するにつれ、盗掘が厳しく取り締まられるようになると、今度は遺跡を発見する役自体を担《にな》うように変わっていった。

ある頃から地丘《ちきゅう》と名付けられたこの惑星には、有史以前に優れた先史魔法文明が一度栄え、滅びている。遺跡はいくらでも埋もれていた。

未発見の史跡を見つけることができれば、値《あたい》千金の名声を得られる。盗掘品には与《あずか》れぬが、かわりに国家や大学のかけた懸賞金を得られる。

人間、食うに困ることがなくなると、日の光が当たる世界での栄誉を求めるものだ。

冒険者は名誉職の質感を帯びていく。

人々が冒険に魅《み》せられ、二〇〇年近く経つ。

何人もの英雄が生まれ、消えていく。

そして二年前、地歴二〇一〇年。

遠い昔、中原《ちゅうげん》の諸王国で略奪を繰り返し、いつしかその一部となり今では辺境の一地方として根付いた蛮族《ばんぞく》の末裔《まつえい》、骨砕《ほねくだき》一門のチタンは生まれてはじめて冒険に出た。

†

「先輩。新歓冒険、と申されたか？」

「うむ。チタンよ、そなたが選ばれた。満場一致でな」

一年生の頃、冒険組合に所属したばかりのチタンに、組合長である三年生がそう告げた。

「なぜ？　自分は冒険など、したくありませぬ」

「冒険組合に入ってまで言うこととは思えんな。だがこれは伝統なのだ、チタンよ」

三年生はこう説明した。

宮廷大学冒険組合は、年に二度の冒険行を伝統的に実施している。

一度は、平地か低山への冒険となる。

天幕と食料、鉄板と滑り板を持って行き、雪上を滑り、肉を焼いて過ごす、三泊四日の大冒険だ。この冒険には参加希望者が殺到する。

問題は、もう一つの方。

例年、黄金週間と呼ばれる連休に実施される、新人歓迎記念冒険行。

こちらの冒険には組合の卒業生（古男）も多数参加・助力するという、大がかりなものとなる。計画立案も古男らによって仕切られ、目的地としては主に高山・秘境・地底・火山地帯などが好んで選ばれ、厳選された装備を重量にしてひとり一五ログラも担《かつ》いで出発する。日程は六泊か七泊となり、黄金週間の休みは食いつぶされるばかりか、新入生は先達《せんだつ》から真の勇気と絆《きずな》について学ぶ最良かつ望まぬ機会を得る。参加希望者は毎年〇《ゼロ》だ。

数十年前なら、世に冒険はまだ盛んであり、立候補者に事欠くことはなかった。だが今や、組合内部にすら冒険に情熱を燃やす者はいない。

大半が、遊びたいだけである。腐りきった事実であった。

だがこういった反論もある。

苦労して入った憧《あこが》れの大学生活で、遊んでなぜ悪い！

チタンはまったく同感だと思った。

とはいえ冒険組合が今の予算と待遇を維持するためには、古男たちの機嫌を損ねるわけにはいかない。新入生の参加は必須だ。

……という無慈悲《むじひ》な説明を、チタンは受けた。

なぜ一方的に自分が選ばれたのか。原因など考えずともわかる。

体が大きいからだ。

大丈夫だから安全だからちょっとそこらの丘に行って穴に入って出てくるだけだから。

そう説得された。

「先輩がそこまで申されるなら……」

そしてチタンと選び抜かれた他三名の新人は、仲間の声援を背に、〈ぶち切れ谷〉を越えた〈金返らずの森〉の向こうに広がる〈シャムミッティの丘〉へと旅立った。最短の道を通っても二か月にもなろうという旅路だが、まあそこは現代であるから、国道を夜行の旅客自動（馬）車で一八時間である。

「貴公、チタンと言うのか」

停留所で出迎えてくれた古男団の代表、ケントマなる中年男は、一目見てチタンに特別の思いを抱《いだ》いたようだ。

「いい。実にいい体だ。貴公、鍛《きた》えていたのか？　運動経験があるのか？　高山と地底ならどっち派だ？」

質問攻めにされた。最後の質問には「都会派です」と答えた。

一目惚《ひとめぼ》れされたことは明らかだった。たまに、こういう手合いもいる。

ケントマはおおよそ二〇年前の、宮廷大学卒業生だそうだ。

それほど離れると赤の他人に近く、先輩と呼ぶには違和感があった。

「ケントマよ、自分ははっきり申して素人《しろうと》。此度《こたび》の冒険について危険はどの程度のものか、是《ぜ》非《ひ》ともお聞かせ願いたい」

「うむ。大丈夫ゆえ、大丈夫だ」

答えにならぬ答えに、チタンの不安は言語に尽くしがたいほど増大したものだ。

新参冒険者たちを出迎えたのは、ケントマだけではなかった。

「くたばるまではよろしくな、若いの」

「ふん、今年の新人はえらくつくりがいいじゃないか、ええ？」

「どうかな、ナリが立派なだけのうすのろかも知れねぇぜ」

ドワーフの中年男と人間の中年女、そして蛇《へび》のような黒エルフは、ケントマの仲間だということだった。

ならず者だと思った。

チタンは後に、この三人のことをそう述懐《じゅっかい》している。

特に黒エルフなどは、どういった意味のある行為なのか、ひっきりなしに短刀を舐《な》めていた。新入生は震《ふる》え上がった。

「この三人は、冒険者として一線級にいる。安心して我《われ》らとともに下ろう。地の底で五体すべてを駆使しきったその時、そなたらは危険を制御する術を会得《えとく》するだろう」

何を言っているのかよくわからなかった。

とりあえず、死にたくはないと切実に願っていた。

「下るとおっしゃったか、ケントマよ」

「そうだ。この岩盤の下に、古代都市がある。半分は溶岩の中だがな。熱を伝えぬ石材で作られた都市は、溶けることもなく今でも存続している」

溶岩都市はかつて多くの冒険者によって踏まれた、有名地だという。

だが、この二〇年は立ち入る者とてない。

理由は、調べ尽くされたからである。

財宝が残されている可能性はないに等しい。なのに潜《もぐ》るという。

「歴代の先人たちの手によって、経路工作はほぼ完了していると言ってよい。さらに今回は、ドワーフの荷運びとエルフの森渡しを一五名雇《やと》っている。地底五〇〇メーテルに冒険の起点となる野営地を設営済みだ。明日、地上から起点野営地に出発し、そこから荷下げを行う。そこからは貴公らにも手伝ってもらうことになるぞ」

荷下げとは、起点野営地からさらに地下深くまで物資を下ろすことを言う。

地底に何泊もすることになる上、毒煙地帯や水蒸気といった呼吸のできない場所が多く、大気筒をはじめとする物資は大量に必要だ。

そういうものを、冒険に先立って要所要所に置いておく。さらに用いる経路が危険なら、あらかじめ綱《つな》や梯子《はしご》を固定するなど、経路工作も行う。

つまり冒険に赴《おもむ》く先に、あらかじめ先遣隊を送るということだ。

その先遣隊を自分で務めることもあるため、一概に他人任せとも批判できないが、どうも昨今の冒険というやつ、一発勝負ではないらしい。

知らなかった。

資材と人手はいくらあっても足りず、何か所にも小分けにして設置する。全員で何往復もして荷下げをすることになる。

「それが、冒険なのですか？　自分の知るそれとは、いささか異なるようですが」

「どういったものを想像していた」

「剣を帯び、鎧《よろい》を着込んで、魔獣と戦うのでは？」

「重い鎧を着て岸壁を攀《よ》じ登れると思うか？」

「……難しいでしょうな」

「それに殺した魔獣が絶滅のおそれのある野生動物であったならいかにする」

「……召し捕られますな。違法なので」

「うむ。よって、行って戻るだけの冒険となる」

「……得るものはないとおっしゃるのか？」

「目には見えぬものを得るだろう。その、達成感とか、なんかそんなものだ」

どうかしていた。

「さ、最終的に、どのくらいの深さまで潜《もぐ》るので？」

「地下三〇〇〇メーテルだ」

ケントマは気負いなく言ってのけた。

新入生四人の中で、どうやってこの場から逃げだそうか、ということを考えぬ者はひとりとしていなかった。

大丈夫だから安全だからちょっとそこらの丘に行って穴に入って出てくるだけだから。

安全なものか！

かの三年生代表を、チタンは恨みに恨んだ。冒険が終わったら、学校で文句のひとつも言ってやらねば割りに合わんと誓ったものだった。

実のところ、割りに合わないどころではなかった。


二名重傷、一名重体、八名死亡。

冒険史において隊が丸ごと全滅するという事例は、決して珍しくはない。

犠牲者数としては、少ない部類である。

だが経験豊富な冒険者が同行していながら、地熱に強いドワーフや、経路工作の専門家である森渡しに死者が出てしまったことは、遭難事例として注目に値する。

チタンは人生初の冒険で、遭難まで経験することになった。


事故概要は、次の通り。

地下三〇〇〇メーテルの〈溶岩都市〉を目指し、まずは空気清浄なる五〇〇メーテル地点に起点野営地を設営。

そこから一二〇〇、二〇〇〇、二六〇〇メーテル地点にそれぞれ中継野営地を置いた。

二六〇〇メーテルの第三野営地からケントマ隊は各員大気筒を背負って出発。

有毒気体や水蒸気が充満する古代の人工道や石階段、時には崩落《ほうらく》しているそれらにかわり、通行可能な亀裂《きれつ》や洞窟《どうくつ》などを通った。

下りは順調であり、体力もそう使わなかった。

隊は無事に三〇〇〇メーテルの〈溶岩都市〉に到達。

溶解した岩石に半《なか》ば浸《つ》かった魔法都市に、一行は圧倒される。

空気に限度がある以上、長時間の滞在はできない。一〇分後、隊は第三野営地に引き返す。

途中、水分を補給している時、学生らは異音が岩壁の向こうから響いていると訴えた。

それは蚊音《かおと》と呼ばれるもので、人間は加齢するほど高い音を聞けなくなるため、若者にしか知覚できないものだった。熟練冒険者には聞こえなかったことから、警戒を促《うなが》すものとはならなかった。

次なる予兆は、経路として利用している石階段に見られた。

石階段は、本来は岩盤を掘って作られた幅広のものだったが、今では片側が崩れ落ち、絶壁にわずかな階段部分が残るばかりとなっていた。かつて、かなり巨大な崩壊が起こったようなのだ。切り立った側《がわ》から飛び降りれば、数百メーテルも落下して〈溶岩都市〉に叩《たた》きつけられることになる。

危険な道だが、壁に打ち込まれた固定綱《つな》を利用できる。

固定が正しく行われていれば、落下することはない安全な道なのだ。

ところが下る時は異変のなかった階段が、帰りには断裂していた。

断裂は三〇センチメ程度のもので容易に越えることができたが、実はこの時すでに、三〇〇メーテル上の第三野営地は横合いから噴出した岩漿《がんしょう》（融解状態の岩石）によって押し流され、消滅していた。

〈溶岩都市〉では、地熱を制御・利用する魔法技術が発達していたと言われている。その地熱制御を担《にな》う魔力石が事故を引き起こし、滅びたというのが定説であった。古い調査によると、街の沈む溶岩湖の底に、一辺が一五メーテルほどの巨大な立方体が複数、沈降していることがわかっている。巨大な魔力石と推測される。これは今でも熱処理を続けているらしく、周囲の岩石を溶かしている原因ともなっていた。

都市は熱処理の一環として、沸かした湯を水管に通し、広大な土中を通過させることで冷却していた。この水管内に岩漿《がんしょう》が流入した結果、一部配管に破損が起こり（蚊音《かおと》はこの兆候《ちょうこう》であった）、噴出に至ったのではないかというのが後の見解だ。

第三野営地に辿《たど》り着いた一行は、地獄を見た。

ここには四名が待機していたが、生存者はひとりもいなかった。遺体すらなく、予備の大気筒や水もろとも、はるか下方に押し流されてしまったものと思われた。

階段にそって岩壁に固定されていた綱《つな》も、当然そこで切断されていた。

岸壁からは今なお岩漿が流れ出ているため、二〇〇〇メーテル地点まで通じる地下道は完全に塞《ふさ》がれた形だ。隊は経路の変更を余儀なくされる。

地上に戻るために、切り立った岸壁を直接登攀《とうはん》する必要に見舞われたのである。

垂直に近い一枚岩を攀《よ》じ登るというのは、訓練を受けた冒険者であっても命を落としかねない、危険な行為である。

だがそれをやらねば、助からないのだ。

熟練冒険者は、学生のそれぞれと組み、決死の登攀を決行した。

学生三名（ひとりは事前に体調不良を理由に不参加となった）のうち、チタンは難なく岸壁にとりつけたが、残りふたりにとっては非常に厳しい事態となった。四〇〇メーテルの垂直登攀は、とうてい素人《しろうと》にこなせるものではない。

装備もほとんどない状態で、ぶっつけ本番の登攀。体重移動や手足の置き場所を指導しながらの移動は、時間を要した。

大気筒の残量が減ると、熟練冒険者らは自らの大気筒を学生に渡し、高熱有毒の環境に身をさらした。

危うい局面もたびたびあったが、ケントマの経路選びの眼力は鋭く、八名はかろうじて第二野営地に辿り着く。

貯蔵していた大気筒を補充できたものの、すでにケントマをのぞく三名の冒険者には重篤《じゅうとく》な呼吸障害が見られた。地上に連絡を試みたが、魔力が濃密に渦巻く地底で伝話《でんわ》は通じなかった。

そして学生二名も嘔吐《おうと》を繰り返すようになる。熱中症の症状である。

ケントマは大きな決断を下す。仲間三名を残し、学生のみを引き連れて、第一野営地へと向かうことにしたのだ。そこからは坂道や階段といった通常経路を徒歩で移動できたのが、救いだった。

学生二名が途中で意識を失うと、ケントマとチタンで担《かつ》いだ。
その途中のことだった。
一匹の犬が、岩陰にうずくまっているのを、チタンは発見した。

『変な感じだった。溶岩が流れているような地底に、白い犬がぽつんといるのだから』

白い犬は力なく腹ばいになり、地底からのぼってくる人間たちを無関心に眺《なが》めていた。
チタンとその犬の目が、刹那《せつな》、交錯した。
両者は、何を思ったか。
チタンはその犬が、幻覚だと思った。
背負っていた仲間を寝かせ、ゆっくりと近づいた。手を伸ばす。
温かかった。
見知らぬ人間に触《さわ》られても、犬は身じろぎひとつしない。
ただ一声、
きゃん。
そう鳴いた。
チタンは犬を抱《かか》え上げた。

すでに犬の周囲にも点々と岩漿《がんしょう》が湧出していた。

「おい、そういうことは、やめておけ」

ケントマが止めた。

くるる。

犬が、ケントマにはうなった。

「平気です。このくらい」

チタンは犬を背負い袋に入れた。そんな時でも、嫌《いや》がる素振《そぶ》りひとつしない。背負い袋を学友に背負わせ、その学友をさらに背負い、連れて行くことにした。

自身の装備はかさばるので捨てた。

だとしても人ひとりと犬、合わせて六〇ログラはあったろうか。

その状態で、急峻《きゅうしゅん》な岩場を登り続けた。

チタンの肉体は、この試練に耐えた。

第一野営地に帰還。

ここには医術の心得ある者が待機していた。学生の手当てを委《ゆだ》ね、ケントマは荷揚げ人ふたりをともない、仲間のもとに戻った。

チタンは人に付き添われて、五〇〇メーテル地点の起点野営地に向かった。

起点野営地では、意外な再会があった。

逃亡したはずの新人が、地上班とともに降りてきていたのだ。体調不良だったと言っていたはずが、健康そのものといった顔色で、心配そうにしていた。

地下で何泊かしている。

その間に回復したと言われれば、信じるほかない。

「無事で良かった。まことに心配してたよ」

チタンはそのひとり、ヨミカ来倉《くるくら》の顔に薄化粧が施《ほどこ》されていることが、この時やけに気になったという。


地上に戻ると、学生らは診療所に搬送された。

チタンは一泊の検査入院だけで出ることができた。他のふたりは一週間の入院となった。

一足先に戻った大学では、今まで口をきいたこともない仲間たちから、過剰に生還を祝福された。

新聞や伝書網で、学生遭難事故として報道されていたそうだ。

それも『学生と犬、無事生還』というある種の美談として。

学生側に死者が出なかったため、さほど世間の注目を集めることはなかったが、平和な大学生にとって身近な有名人の誕生は歓迎に値した。

伝説の当事者としては、チタンよりも犬の方が女受けが良かった。

そこで犬はシロと名付けられ、組合の皆に温かく感動的に受け入れられた。

冒険組合の誰に対しても、犬は決して敵意を向けなかった。

チタンを人身御供《ひとみごくう》とした三年生が、声高に宣言した。

「この白犬こそ我《われ》らの冒険魂《だましい》の体現である！　宮廷大冒険組合万歳《ばんざい》！　このこと、組合の伝書項を毎日更新で長く語り継いで行こうではないか！」

そうだ！　いいぞ！　賛成！

全員が祝い酒をがぶ飲みする間、チタンだけがひとり白けていた。ともに〝冒険送り〟にされた黒エルフのロエルとドワーフのルタ一は、未《いま》だ病室の中である。

唯一、ヨミカ来倉だけが宴《うたげ》の中心で貴族娘のようにはしゃいでいた。

†

背を撫《な》でているうちに、シロは寝てしまっていた。

餌《えさ》やりが遅れたせいだろうが珍しく旺盛《おうせい》に食べ、毛繕《けづくろ》いもしてもらい、本人的には満足いく一日だったのか、寝息は安らかだ。

「現金なものだと思うのだがなあ。誰からもらおうと餌は餌か、シロよ」

そう、ひとりごちる。

シロは最初の数週間は、皆に愛された。

だが時が経つとともに、この犬がさほど可愛《かわい》い犬ではないことがわかってきた。愛想《あいそ》がないのだ。

一日の大半を寝て過ごす。

触《ふ》れても抵抗しないかわりに、喉《のど》も鳴らさず尻尾《しっぽ》も振らない。

食も細く残しがちで、やらなければやらないで催促《さいそく》もしない。

老犬のような犬だ。

実際、老犬なのやも知れない。

チタンは犬小屋の脇にある、シロの私物棚に目をやる。

人からもらった玩具《がんぐ》や、動物の骨などが置かれているのだが、その中にひとつ、古びた首輪がある。

手にとってみる。特殊な樹脂で作られた、市販品と思われた。

シロが保護された時に、つけていた首輪である。

野生の犬ではなく、どこかで飼われていたものなのだ。

首輪には飼い主の所在を示すような情報はなく、シロという犬名だけが記されていた。

学生は流行を追う。流行が過ぎるまでは。

そしてシロの流行はすでに終わった。今ではわざわざ構いに来る者もない。チタンだけが、日に二度、給餌《きゅうじ》や掃除、散歩のため訪れるような状態だった。

たまたま遅れた日に限って、我《わ》が物顔で飼い主面《ぬしづら》をするヨミカ。

紛《まぎ》れもなく有罪であった。個人的には。

客観的には、無罪以外のなにものでもないことは理解していた。

鬱屈《うっくつ》というものはこうして蓄積されていく。

あの奇跡の生還から、二年が過ぎていた。

チタンもシロも、空気のように生きていた。

ふと携帯で、冒険組合の伝書項に接続してみた。

組合員の手で書き継がれるはずの日記の項目は、一年半前を最後に更新が停止していた。


学年が進むことで通学する敷地が変わることを見越して、今の物件に決めた。

宮廷大学にはふたつの敷地がある。

チタンの住まいは、ふたつの敷地のちょうど中間地点に位置している。どちらの最寄り駅にも六駅で到着する。二年生までは賢い選択だと思っていたが、三年生になった今、学校の間に横たわる六駅は存外しんどい。

いっそ三年生になると同時に引っ越しをすれば良かった、とも思う。それなら二年間は丸々通学の煩《わずら》わしから解放されたろうに。

大学には軌車《きしゃ》一本で行けるからまだ良いが、都心に出るには乗り継ぎが必要で、就職活動に入った今、多くの部分で先見性が欠けていたと実感する。

軽やかでなければならないと思う。

軽やかでなければ、面接では目立てない。


家賃六五〇〇〇円の共同住宅にチタンは帰宅した。

二階建てゆえ、昇降床はついていない。尖塔状《せんとうじょう》に覆《おお》われた螺旋《らせん》階段を忍び足で上る。

以前、住人の誰かから足音うるさい死せい、という紙片を匿名《とくめい》で投じられて以来、チタンは去勢された猫のように暮らしている。

そっと廊下を歩き、扉に鍵《かぎ》を差し入れた。

「む?」

鍵がかかっていなかった。

扉を開けてみると、照明までついている。

誰かがいた。

魔力光に青白く照らされた室内では、水晶受像器までつけられていて、その誰かが娯楽番組を視聴していた。

チタンはうんざりした気分になった。

「ケントマ、いつから盗賊に鞍替《くらが》えされたのか」

「おお、ようやく戻ったか。鍵のことか？　かけ忘れていたようだな」

「白々《しらじら》しい嘘《うそ》を吐《つ》かないでもらいたい」

現役冒険者ケントマにしてみれば、安部屋の解錠など赤子を泣かせるよりたやすい。

「不法侵入だ」

「そんなことよりチタン、その珍妙《ちんみょう》な格好は何だ？」

「就活に決まっている」

ケントマは大げさな身振りで嘆《なげ》いた。

「まだそんなことを言っているのか。嘆かわしいな友よ！」

友ではない、と思った。

だがあえて無視して甲冑《かっちゅう》を脱ぎ、部屋着に着替えた。大先輩に対する敬意というものは、とうの昔に失われている。

卓《たく》につくと、ケントマは氷室から樽《たる》の麦酒を持ち出してきた。

樽の栓を抜き、一息に飲む。ようやく人心地《ひとごこち》ついた気になる。

酒宴のあとの一杯だが、外飲みは酔うにしても、どこかよそ行きの酔い方をする。自宅で酔う方がチタンは好きだった。

どうせケントマが買ってきた酒だろうから、飲んでやれば多少は損害を与えられる。そう思って、ぐいぐいとやる。

「しかし今時の就活というのは、ずいぶん早いものだ。まだ三年生の九月だ」

「遅いくらいだ。それに今の時期で面接まで行くのは、さすがに外資や冒険系の中小商会のみだ。国内商会の就活が本格化するのは一二月からだろう」

「おまえは大学生活の半分近くを就活とやらに注ごうとしているぞ」

「……注ぎたくはないが、勤め先が決まらずとあらばそうせねばならんのだ」

「他に気の利《き》いた方法があるぞ。たとえばそう、自由への道を歩んでみるとかな」

「ケントマ、俺は冒険者にはならない」

両者の間に沈黙が降りてきた。

「ううむ、なかなか良い返事を聞かせてはもらえんな」

「……二年前の冒険で、あれだけの犠牲を出しておきながら、なぜまだそのような生き方をなされるのか、その方が俺には不思議《ふしぎ》だ」

ケントマは新歓冒険で、三人の仲間を失った。

根無し草の死に、世間は冷たかった。

学生を巻き込んだ冒険計画には一部で批判があり、安全管理が問われた。この遭難が原因で、翌年からの新歓冒険は、より安全な山歩きへと差し替わった。

ケントマたち古男と在校生との間には、溝ができた。

世代間の断絶。

無情なものとは思うが、卒業生が決定権を握っていた今までの方がおかしかったのだ、とチタンは思う。

年に二度、冒険という名の山遊びに行く。

それで皆、喜んでいるのだ。

「長く冒険をしていれば、仲間を失うことはそう珍しくはない」

「非道な」

その珍しくもない側《がわ》に、チタンは加わりたくなかった。

さらに非難の言葉を吐こうとしたチタンの目の前に、一通の封書が滑ってきた。

「ほれ、おまえに郵便物が届いていたぞ」

チタン宛《あて》の封書だ。

感謝しろよという風な言い方をしていることから、他人の郵便箱から勝手に回収した罪悪感はないようだった。

目線だけを下げて差出人を見た。

封蠟《ふうろう》にどこかで見たような紋章が押されている。

二週間前、面接まで辿《たど》り着いたとある商会のしるしであった。

チタンの目は大きく見開かれた。

（宛名書き）チタン骨砕《ほねくだき》殿に配達されたし

英明にして博学、そして勤勉なる英邁《えいまい》であらせられる、チタン骨砕殿。

貴殿が我《われ》らの門をくぐられた日の、あのいささかの偽《いつわ》りもなき喜びについて、改めて申し上げる必要はもはやありますまい！

商会の立ち上げ以来、あまたの艱難辛苦《かんなんしんく》を乗り越えてきた我らにとって、新たな息吹たる貴殿の訪れは、春雷《しゅんらい》の響きにもまさる至上の福音《ふくいん》であったと申せましょう。

（美辞麗句一五〇行中略）

しかしながら貴殿の計り知れぬ将来性について検討を重ねるにつけ、その格別の威徳《いとく》を輝《かがや》かせるためには当会以外でより良き機会を見いだすことこそ最善であると結論した次第。どうかこのこと、寛恕《かんじょ》を請《こ》う。末筆ながら、貴殿の今後の活躍を心より祈念申し上げていることをお見知りおきください。

（丸罰商会　採用担当より記《しる》す）


チタンは書簡を手に、震《ふる》えた。

「どうしたチタン」

「落ちた……らしい」

「俺は就活には詳しくないが、落ちるというのはそれほど大事なのか？　珍しいことか？」

「いや、むしろ逆に落ちて当たり前なのだが……噂《うわさ》の祈念書簡、まさかこれほどの嫌《いや》な思いをさせられるとは……」

「その祈念書簡とは？」

　ケントマは就活というものについて、ほとんど知識がないようだ。

「落選すると商社から書簡か伝書が届く。それには概《おおむ》ねこんなことが書いてある。貴様は最高の人材、だが雇《やと》わぬ。貴様の将来に幸あれかし」

「喧嘩《けんか》を売られているということか？」

「そのような気分にはなるが……」

　喧嘩をする気力すらない。闘争心など一発でかき消すような寒風が、チタンの心中に吹き荒れていた。

「わからんな。そんな思いをしてまで、商社勤めをしたいとは」

　ケントマの声は厨《くりや》から聞こえた。

　厨とは言っても、廊下の終端に隣接した三畳ほどの小空間で、焜炉《こんろ》もひとつきりしかないのだが、ケントマはいつも来るたびに好んでそこに立つ。

「いや、本音では騎士になりたいのだ。騎士号の取得を目指していて……」

中世では、騎士は戦《いくさ》の花形だった。

時とともに変化し、現代では公務を担《にな》うための国家資格となっている。

待遇や仕事内容などによって、立法騎士・行政騎士・一般騎士、辺境上級・中級・初級など異なる試験がある。

「王宮勤めが望みか」

「いや、官僚になるには王国立法騎士号が必要なのだが、さすがに難易度が高すぎる。最難関だ」

もし王宮勤めを本気で目指すとすれば、少し難易度の低い、行政騎士か辺境上級しかあるまい。もしそれらの称号試験に合格できれば、人生はまずまず安泰と言えた。

「安泰というのは年収五千万くらいもらえるのか？」

「馬鹿な。せいぜい九〇〇万がいいとこだ」

「……安泰か？　それで？」

「中の上の人生を歩めよう」

ケントマが皿を運んできた。あり合わせで、さっとつまみを作ったらしい。

冒険には野営がつきものらしく、なかなか料理は達者だ。

だが一般常識はないに等しい。こんな大人にはなりたくないものだ。

「つましい人生設計だな、チタンよ」

「なんとでも言うがいい」

先の酒場よりは数段ましな料理をつつきながら、チタンは酒を呷《あお》った。

「ときに冒険系商会とはよく聞く言葉だが、どういうものだ？」

「貴兄の想像しているものとはだいぶ違う。大手にはできぬ、冒険的な商売、小回りのきいたことをする商会のことよ」

「それはつまらぬ」

「仕事自体はやりがいがあると聞く。しかし待遇が、良くないことが多い。残業は当たり前だとか、手当が少ないとか、いろいろ聞く」

「仕事のために生きるのはつまらん。冒険に合わせて仕事をすべきだな」

四三歳の男が言うことではなかった。

冒険者になるとは、人の道を外れることとなのだと、ケントマの言動が証明していた。

決して、なるまい。

チタンは内心、固く決意するのだった。

†

〈新大陸〉は世界六大大陸の中では、五大陸側《がわ》からの視点では、もっとも遅くに発見された土地である。そのため古代を飛ばし、中世からその歴史を出発させている。

こういった事実は、現代の街並みにもいくらか見て取れる。

王宮などの歴史的建築物は中世風のインゴニ様式で建てられており、他国の観光地でよく見られる古代的な様式はほとんど目にすることがない。

また完成された階級制度がそのまま持ち込まれたことも、大きな特徴だ。

たとえば騎士道は、外から輸入されたもののひとつである。

古代社会では、騎兵として軍に加わることができる者は、富裕階級のみであった。彼らは新たな領土や奴隷《どれい》を得るため、強力な装備と私兵をともない戦争に参じたのである。

〈新大陸〉の外では、血なまぐさい略奪の歴史が繰り広げられていた。

この頃には騎士道などというものは存在しない。

戦争が一区切りつくと、政治的中心地は王宮へと移る。騎士たちは自らを厳格な規範に従うものと自ら任ずることで、高潔な者としての栄誉を獲得していく。略奪については無粋《ぶすい》なので口にしないか、聖戦とかそういう言葉をあてはめておく。

略奪は略奪、騎士道は騎士道なのだ。

ところで〈新大陸〉には先住民族がいた。

いずれも小勢力に過ぎなかったが、ささやかながらも独自の文化を発達させていた。エルフやドワーフ、人間の蛮族《ばんぞく》がこれにあたる。

当時の五大陸に比べ、彼らの文明水準は著《いちじる》しく低かった。またたくまに併合され、奴隷化されるか蹴散《けち》らされた。

領土拡大は急激なものだったため、大陸の各地に無数の小国が生まれる結果となった。

おのおのの領地は、騎士とその私兵によって私物化され、封建的な無秩序がはびこることとなる。こうなると、小国家間での小競り合いは日常茶飯事と化す。辺境に逃《のが》れていった異民族からの巻き返しも活発化するなど、こういった状況下で起こるべきことは皆起こった。このあたりの時代では、ばんばん戦争が起こり、がんがん人が死に、ぽんぽん子供が生まれた。領土はいくらでもあり、疲弊《ひへい》するよりも得られる恩恵の方が大きかったのだ。

新武具や新魔法が大量投入され、少数民族が暗躍し、黒エルフは人間勢力と手を組むことで悪名《あくみょう》を轟《とどろ》かせ、蛮族が都市になだれこんできて文明を蹂躙《じゅうりん》し返したり、と全民族をあげての乱痴気《らんちき》騒ぎを繰り広げた。

この後、外大陸からの脅威に対抗すべく諸国が団結する必要に駆られるまで、〈新大陸〉は群雄割拠《ぐんゆうかっきょ》の時代が続いたのである。

なおこの戦国時代にはいくつかの大きな出来事が起こっており、試験には例年、出題されている。雑然としているからといって軽視するのではなく、丁寧《ていねい》に学習しておく必要がある。

また補足として、先史文明は歴史学の範囲には含まれない。混乱しないように。ちなみに先史文明を築いた類人たちの末裔《まつえい》が、後にオーガになったと言われている。

「……ということで、本日の講義はこれまで」

有史学の講義が終わり、講師が教室を出て行くと、チタンは大きく息をついた。

……蛮族《ばんぞく》の話題が出ると、からかわれることを恐れて、つい身がすくんでしまう。

「オーガ君、ちょっといい?」

自分でも情けないことに、全身を震《ふる》わせてしまった。

「……声をかけただけでそこまで驚かないでよ。びっくりするじゃない……」

背後の列にヨミカが立っていた。

授業は受けていなかったはずだから、今さっき入室したのだろう。

ヨミカの隣には、組合の仲間で詩学部二年のオシェイマスが立っていた。

あまり話したことはないが、お調子者の小男という評判をよく聞く。悪事を働くというほどでもないが、友人から小銭をせびっては返し忘れることが多いらしく、一度ちょっとした騒動になったという話を聞いたことがある。さほど親しみを感じない後輩であった。

今度はこの男を掌握《しょうあく》しているのか。

チタンの心を苦々しいものが満たした。

根拠はない。ただ、おぼろに見えてくる裏の意図があるのだった。

ヨミカに対する苦手意識の源泉が、そこだ。

さりながら公然と敵意をぶつけるほどの縁があるでもない。赤の他人も同然だからだ。

「オーガ君、このあと時間があるようなら、ちょっと来てくれない？」

「俺に用事か」

「あたしじゃないんだけど、イディア君がね、是非《ぜひ》にって」

「なぜイディア本人が呼びに来ない？　良縁《らいん》でも繋《つな》がっているのだが……」

「彼、今たまたま忙しいから。それに手伝いをしたいって立候補したの、あたしだし。ほら、あたしイディア君と仲良いから」

ヨミカの隣で微笑《ほほえ》んでいたオシェイマスの顔が、一瞬炙《あぶ》られたように歪《ゆが》んだ。

「……さようか」

心の目盛りが、一段階疲労の度合いを上げた気がした。

人は言葉だけでも疲弊《ひへい》するものなのだ。

オシェイマスからは表情が失《う》せていた。心の内の混乱、いかばかりか。

面倒だなと感じているが、断るためのいい理由がない。

とっさに今から賃仕事があるから、と嘘《うそ》をつければ良かったが、そんなことができる器用な性格でもない。

「まあ、就活に加えて試験対策もしなければならんから、決して暇《ひま》ではないが……大事な用事なら付き合っても良い」

大事な用事でなければ帰らせてくれ、という言外の含みを込めた。

ヨミカはにっこり嗤《わら》った。

「ありがとう！　じゃあさっそく、図書館の第一会議室に移動してくれる？」


同道さえなかった。

ヨミカはヨミカで、また別の誰かに声をかけに行ってしまった。

チタンは単身、敷地を横切って図書館に向かった。

図書館には学生が利用できる会議室がふたつある。どちらも小さな部屋だが、広い円卓と魔法白板が設置されている。

図書館の壁は防音効果が付与されているから、騒音は入ってこないし、室内でどれだけ感情的に口論しようと他に迷惑はかからない。ただでさえ体格で目立つチタンは、そのような言い争いにすら極力関わり合いたくないと願っているが。

会議室に入ると、そこには見知らぬ男女が待機していた。

男女は、全員がぎょっとしたような目線をチタンに向けた。

イディアの姿はなかった。

「すまぬが、冒険組合の会合があると聞いて来たが、ここで良いのだろうか？」

「冒険組合？　いや、これは就活についての情報交換のようなものだと思うが……」

集団のひとりが答えた。

「俺の招かれた会合ではないようだが、それは是非《ぜひ》とも参加したいものだな」

「君は確か、詩学部の三年生だったな。俺は詩学部演劇学科のグルディスだ」

「うむ、チタンという。皆、三年生のようだな」

「ああ。皆、就活生だ」

「俺も就活にはほとほと手を焼いている。本来の集まりを蹴《け》ってでも、こちらに混ざるべきなのかも知れんな」

室内の緊張がふっとゆるんだことをチタンは感じ取った。

三年生。就活。

魔力がなかろうが扱える、魔法の言葉だ。

この言葉でくくられた者同士は、瞬時に仲間意識を共有できる。

今はもう、そういう時期である。

小国が群雄割拠《ぐんゆうかっきょ》し血みどろの奪い合いを繰り広げていた〈イ・ユー連合王国〉が列強諸国への脅威から手を取り合ったように、就活で劣勢となった者同士も連帯しやすいのである。

「そういえばイディア殿は、冒険組合の代表も務めておられたな」

また別のひとりが言った。

「イディアと言ったか？　俺もかの者に招かれたのだが」

「おお！」

イディアは大学の内外に顔の広い男だった。冒険組合の他にも、いくつかの団体に関与しているると聞いたことがある。

「つまり、ここで正しかったのだな、チタン殿」

「そのようだ。いや、良かった」

大男は後頭部をかきながら、のっそりと室内に入った。

互いにひととおりの自己紹介を終えた頃になって、ようやくイディア本人が現れた。

「遅いぞイディア殿」とグルディス。

「いや、あいすまぬ。打ち合わせが長引いてな」

打ち合わせ。

大学生の打ち合わせとは、何だろう。

代返の持ち回りに関する進捗《しんちょく》会議などだろうか。

はたまた合同懇親会（合懇《ごうこん》）についての企画会議だろうか。

「さて諸君、本日はわざわざお集まりいただき、心から感謝したい」

イディアによる司会進行で、会合ははじまった。

自己紹介で確認したところ、誰もこの集まりの趣旨を聞いていないという。真実を知る唯一の者の言葉に、皆が耳を傾けた。

「さて、この場に集まった者に共通項がひとつある。それはおわかりか？　そうだな、フクリコ。君に答えてもらいたい」

「三年生で就活中、ということではなくて？」

太り気味だが仕事は出来そうな眼鏡《めがね》の女がよどみなく答えた。

「さすがその通り！　正解だよフクリコ」

大仰《おおぎょう》に拍手をしてみせる。つられて、全員がぱらぱらと拍手をした。

「そう、鍵《かぎ》となる言葉は、就活生」イディアは白板に魔法筆で就活生と書き付けた。「すでに外資などの試験を受けてみた者もいるのではないかな？　そして就活の厳しさを思い知った。そんなところではなかろうか」

チタンはうむとうなずいた。まさにその通り。

「言うまでもないことだが、就活は厳しい。原因について今論じることはせんが、それは岩壁のごとき厳然たる事実なのだ」

イディアは朗々《ろうろう》と語った。

「ではその苦行をいかにして乗り越え、内定を我《わ》が物とするか。クルート、君の秘策は？」

「ひ、秘策などないさ。ぶつかってみるだけだ……」

指名された男子学生が、おどおどと言った。

「ふむ。悪くないが、聡明さを感じさせる回答とは言いがたい。ではレゼン、君は自信がありそうだが？」

「決まっておるわ。俺は運動部、体育会系ゆえ、愚直《ぐちょく》なまでに体力を誇示！　それのみよ」

気の強そうなドワーフは胸を張った。

「レゼンは剛術部だったな。その方針、悪くない。それで内定を取れる商会もあろう。だが将来のことを考えたことはあるか？　統計によると、ドワーフ営業職の平均的昇進の上限は、課長職だということは知っていたか？」

「何……課長？　宮廷大まで出ておいて、課長止まりだと言うのか？」

「営業職から管理職に移るのは狭き門だからな。それに優秀な営業になればなるほど、現場に留め置かれるもの。要するに生涯、一兵卒としてやる覚悟はおありか、ということだ」

レゼンというドワーフは考え込む顔となった。

ドワーフにも工芸に秀《ひい》でる者と、典型的な体力馬鹿という手合いにわかれる。レゼンはどう見ても後者である。

「まこと就活とは、厳しい戦いよ。そう、戦い。この質問はチタン、おぬしにこそしたい。もし戦《いくさ》に行くとなれば、おぬしは無腰で行くだろうか？」

「う、うむ。そうだな。行くとなれば、剣だの槍《やり》だの、本物の鎧《よろい》などがいるだろうが」

チタンのありきたりの答えに、イディアはぱんと手を大きく叩《たた》き、叫んだ。

「そら出た。世に隠された貴石の如《ごと》き真理だ」

全員はきょとんとした。

「わからんか？　戦には武具がいる、ということだ」

ああ……と気のない声が、いくつか漏《も》れる。

「大事なことだ。おそらく、世の人々が思う以上にな。これに気付けるか気付けぬかで、人間は無情に選別されていくのだ。差はここでつく」

「つまり、その武器をおぬしが提供できるということだな？」

グルディスという男が、会議の早回しを試みた。

「まったく、そなたの慧眼《けいがん》だけは誤魔化《ごまか》せんな。いかにもその通り」

誰の目にも明らかだったが、とチタンは心で突き込みを入れた。

「俺はこのたび、就活支援を主業務とする商会を立ち上げた」

何人かが目を見張った。残りは、すでに知っていた。チタンもここではじめて、イディアの商会が就活支援を謳《うた》っていたことを思い出した。

よもや同じ組合の仲間相手に商売はすまい、と思い込んでいた。

「もし良ければ、などと言わん。俺は自分の商売に、絶対の自信を持っているからな。そして誰にでも易々《やすやす》と商売をするつもりはない。諸君らは選ばれた人間なのだ。新たな時代の先駆者となる、柔軟で可能性ある人材を俺が選んだ。是非《ぜひ》とも諸君に、我《わ》が就活支援を受けてもらいたい！」

思った通りのことをイディアは宣言した。

「今なら、特別割引で料金は半額にもしようではないか！」

会議室は、一切の音精霊が死滅したかのように、静まりかえった。

草食オーガ　☆　1時間前

就活支援を受けることにした。安い買い物ではなかったが、内定が取れると思えば安いもの。あとは俺が頑張るだけよ。


イディアの就活支援塾は、なかなかに本格的なものだった。

人事経験者の知人を助言者として招き、商会に提出する登録用紙の万全を期す、登録用紙完全攻略講座。

疑似面接官を用意しての、面接完全攻略講座。

自己の価値を三倍に高め、人材としての強力点を見いだす、自己分析完全攻略講座。

商社受けの良い趣味、成功談などの〝新人格〟立案徹底支援。

面接官に一目で気に入ってもらえる、肉体改造究極支援。

塾生は少人数、講師は商業人。

携帯伝話《でんわ》でももっとも普及している〝良縁《らいん》〟を通じての、相談支援。

いたれりつくせりである。

だが決して安くはない金額を支払って手に入れた中で、もっとも良いと思えたのは、就活仲間の存在だ。

人間のグルディス、クルート、フクリコ、キルア。ドワーフのレゼン。エルフのヤリア。黒エルフのクナヴィ。

普通に学生生活をしていては、決してできなかった仲間たちだ。

「せっかく出会ったんだ。良かったら、団体名をつけてみてはどうだ？」

イディアの薦《すす》めに、否《いな》やはなかった。

短期間に大量の支援を全身浴びるように受けたことで、全員がイディアに対する盲信状態に陥《おちい》っていたのだ。

「ほう、勤労兄弟団か。良い名だな。そなたらの絆《きずな》が血の兄弟よりも強くなり、就活という戦《いくさ》を勝ち残らんことを祈ろう」

勤労兄弟団が円陣を組む様子を、イディアは撮影し、商会の公式伝書項に上げた。

誰もそのことに文句を言う者はいなかった。

「やろう、俺たち、やろう」「ともに戦いましょう」「我《われ》らの就職に幸あれ！」

草食オーガ　☆　1日前

就業体験は採用選考とは無関係ではなかったのか？　なぜここまで落ちる？　まさか、関係あったのか？　事実は何処《どこ》か……


道徳憲章というものがある。

〈新大陸〉で強い影響力を持つ経済団体連盟によって定められた、新卒採用選考に関する指針のことであり、要約すれば
『学生は勉学が本文。ゆえに青田買いはほどほどにせんか。せいぜい三年生の一二月くらいからにせい。法的な拘束力はないが、あまり我々《われわれ》を舐《な》めん方が良い』

というものである。

一部にはもっと就活期間を短縮し、三月（学部三年の終わり）からで良いという議論もあるが、それはそれであまりにも慌《あわ》ただしいと紛糾《ふんきゅう》している。

ともかく〈新大陸〉において、狩猟解禁の時期は一二月ということになっていた。

国内系商会が本格的に募集を開始するのが、この時期だ。

憲章を無視するのは、一部の外資や冒険的な零細《れいさい》だけである。

予行練習と称し、行く気もない外資を受ける者が出るのは、こういった仕組みによる。

さて、三年生の夏から、企業側《がわ》が提供する就業体験の機会がある。

企業が学生のために提供する、社会勉強の機会として位置づけられる。勉強の一環なので無償のものも多い。

これは時期的には前述の憲章に触れ、採用選考とは無関係、ということになっている。

だからチタンも、就業体験は見逃《みのが》した。

仕送りが少なく、ある程度は自力で稼ぐ必要があったからだ。

だが、本当に無関係か？

そんな疑問が浮かぶ。

商会で就業体験をする。そこの正会員と仲良くなる。気が合う。そして就活期間が来、その商会に面接に赴《おもむ》く。面接官、顔見知り。会話、盛り上がり。ともに働いて気持ち良いことは確認済み。

本当に、無関係？

全ては闇《やみ》の中にある。人事担当官は何も教えてはくれない。

就業体験の申し込み自体にも面接や落選がある以上、見切りをつけるという判断も当然出てくる。

チタンは見切りをつけた。

そして後に、死ぬほど悩む。これがチタンという青年の生き様である。

就業体験の重要性に気付けなかった愚鈍《ぐどん》で小心者の大男が、焦《あせ》って飛び乗った旅客車。それが就活の予行練習だった。

早期就活には盲点もあった。

序盤から連続して落ちることで、精神的に疲弊《ひへい》してしまうのだ。

冷静さを失えば、何かにすがりたいという気持ちが強くなる。思考停止を求める。

イディアの就活塾は、逃げ道を提供する好機を逃《のが》さなかったという一点においては、実に豪腕であったと言える。しかしその豪腕は、どこかまやかしめいている。


勤労兄弟団の面々が、会議室でうなだれていた。

扉が開く。全員の目が向いた。

「……今日、封書が来た。落ちていた」

部屋に入るなり、グルディスは淡々と報告した。

全員が同時に吐息を漏《も》らした。

「そうか。良くやった」「おぬしは悪くない」「座れ兄弟」「黒茶、飲んで」

皆でねぎらう。こんな見え透いた気遣いにさえ救われていることが、グルディスの表情変化から察せられる。

その気持ち、死ぬほどにわかる。

最初のうちは、仲間とともに落ちるのも愉快だった。笑いがあった。

だが就活の本格化にともない、事態は変わる。志願した全ての商会に落とされ続け、次第に若者たちは心の傷を持てあましはじめる。

いつしか誰の顔からも笑顔は消えていた。

導き手が求められていた。救世主が。

だがイディアは最近、まったく姿を見せない。

携帯に伝言を送信しても、既読無視。伝話《でんわ》をしても今は忙しいと突っぱねられる日々。

就活の加速にともない、支援密度を上げてくれるということもない。そうした温度差、というよりは速度差が、両者の間にできつつあった。

自主的に集まり、情報交換をする。

今や勤労兄弟団は半《なか》ば独自に、相互支援を行っているようなものだ。

仲間を紹介してくれたイディアには感謝しないでもないが、序盤だけ厚遇《こうぐう》し、中盤からは手を抜くというのは、就活の本質に適合していないと思える。

イディアがどこまで考えて、この学生起業を行ったのか。それを問い詰めるだけの気力すら、就活生にとっては出し惜しみしたいものだった。

「とにかく、苦しい時こそ結束が大事だな」

チタンが言った。皆がうなずく。

打てば響く仲間。最高の友。戦友。

戦友は兄弟、戦友は家族。

彼らとは一生の付き合いになるだろう。予感しながら、チタンは模擬登録用紙を広げる。登録用紙をお互いに添削し合うことで、欠点も見えてくる。

「皆、やるぞ！」

全員が力強くうなずいた。

勤労兄弟団の就活戦線は、まだはじまったばかりなのだ。

草食オーガ　☆　10時間前

また落ちた。もう涙も出ん。怒りも湧《わ》かない。気持ちは底をついたと思うのに、まだその下があるような気がしてならない。

草食オーガ　☆　8時間前

夏季就業体験の申し込みは六月。俺が就活を開始したのは七月。あと一か月早ければと思わぬ日はない。だが過ぎたことを悔やんでも仕方ない。

「チタンよ、これは大きな問題と言えるな」

久しぶりに勤労兄弟団の指導に現れたイディアが、チタンの就活計画を評した。

「どこがだ、教えてくれ」

イディアが来たら文句のひとつも言ってやるつもりつもりでいたが、本人を前にして、そんな気はなくなった。

「良いかチタン。たとえば特技の欄。ここには、特技はないが体力に自信がある、と書いてある」

「う、うむ。それが一番、誇示しやすいところだ」

「違うな。まったく駄目だ」

「どう違う。教えてくれ」

「冒険では、自慢の体力で、仲間の命を救ったことがあります。その仲間からは命の恩人であると今でも感謝されています。このように私は決して、仲間や同僚を裏切ることはありませんぞ。と、そう書くのだ」

チタンは難しい顔をした。

「いや、しかしそれは……別に冒険は仕事とは無関係だろうし……」

「だが事実と言えんこともなかろう」

「それはそうだが、なんというか、品がないというか」

「こだわりは捨てるべきだ。そんなことでは、せっかくの学歴が泣くぞ」

次にイディアは、黒エルフのクナヴィの書類に目をやった。

「クナヴィ、君には特技がないいな」

「そうだ、おらには、おぬしのように滑らかに回る舌はねぇ。エルフなのに魔法が苦手で、それで理系ではなく文系に入ったくれぇだしな。取り柄っつうもんはねぇ」

黒エルフは、陰気な口調で説明した。

「ひとつくらいあるだろう。どんな特技でもいいのだ」

「そうさな。まあ、木登りくらいなら、並の人間よりはうまいと思うが。こいつは、役に立つかね？」

「それはさすがに駄目だな」

イディアのてのひらが烈風を起こす勢いで返された瞬間だった。

「だが心配するなクナヴィ。手はある」

「どんなだ？」

「創出するんだよ」

学生起業家は白板に創出と大きく書き付けた。

「商売の基本、価値を創出すること。就活では同じことが言える」

「つ、つまり、どういうことだ？」

「創出だ。あるいは創造でも良い」

「え？　あ？　すまねぇ、おらにはいまいちわからん……」

イディアはふう、と呆《あき》れるように息を吐き、

「だから、ねつ造するのだよ、特技を」

就活仲間と作戦会議。自己分析を見直すことになったが、心が揺れている。就活とは一体なんなのだ?

草食オーガ　☆　1時間前
いろいろ考えたが、やはり冒険うんぬんということは書きたくない。書けば有利なのはわかるが、友人を引き合いに出すことになるし、本質的に違う気がする。やはり自己顕示欄は、正攻法で勝負しようと思う。

草食オーガ　☆　5分前

貴殿の今後ますますの活躍を祈念する。祈念申し上げる。心より祈っております。

二月。

チタンは祈りの海で溺《おぼ》れていた。

ロエルとルターが大学近くに借りている賃貸物件で、チタンはもう何通目かもわからない不採用通知を睨《にら》みつけていた。

「親の敵《かたき》でも見つけたか、チタン」

開封の儀を黙って見守っていたルターが、重苦しい空気に耐えきれずに訊いた。

「両親ともに壮健だが……俺の仇《かたき》ならここにいる」

書簡を掲げてみせる。

「あの、あれか。つまりその、落ち……いや、手放した果実が、地面に引き寄せられるような結果だったのだな?」

「気を遣って落ちたという言葉を不自然に避《さ》けるな」

「落ちたか」

「ああ、落ちたとも!」

チタンは不採用通知を左右に引き裂《さ》いた。

今までは、不採用通知でも律儀《りちぎ》に保存してきたチタンだったが、もうこれからはそんなことはすまいと決めた。

「大変だのう、就活」

「これで三〇社目だ! ほとんどが登録時点ではねられる。たまに面接まで行こうがこれよ。見えない壁がある……とてつもなく堅牢《けんろう》な壁が……」

ルターは小樽《こだる》詰めの麦酒を一口まずそうにすする。

「見ていると、面接まで行くのすらひと苦労のようだの」

「それよ」

面接というものは、就職試験の最終段階にあたる。

そこに辿《たど》り着くため、登録・説明会への参加・登録用紙の提出を経て、書類審査に通過する必要がある。その後、筆記試験、伝書試験があり、ようやく面接と相成《あいな》る。

そうした中で、まず最初の壁として立ちふさがるのが登録用紙だ。

登録用紙は選考上かなり重視される。

志望動機を書く項目や、商会独自の質問があり、自己を売り込む手腕《しゅわん》が問われるのだ。

学生時代に力を入れたことがあると、ここでは大きな強みとなる。

「おぬしがさんざ悩んでいたところだな」

「今も悩んでおるわ。見ろ」

チタンは現在執筆中の登録用紙をルターに見せた。

〈自己宣伝〉

私には統率力がある。学生時代は、酒宴の幹事や組合の活動、行楽計画の立案など、多くの面で指導的立場を自らに任じてきたと自負している。仲間からの信頼も厚く、よく相談を受ける。また賃作業の経験も多く、現場では率先して行動することを心がけてきた。こうした人望と積極性を活かし、貴会に、ひいては社会に貢献していきたいと考えている。

「……おぬし、指導的立場なんぞになったことがあったか？」

「そこは気にしないで良い。皆ねつ造している部分ゆえな」

「就活界とは魔窟《まくつ》か？　ううむ……それではこの行楽計画の立案というのは？」

「たとえばこの宅飲みがそうだ。行楽計画を立案、実施した。ロエルと交渉して場所を提供してもらい、参加者であるおまえを呼んだ」

ルターはじっとチタンの顔を眺《なが》めた。

このうすらでかは何を言っておるのだ、という色がありありと浮かんでいた。

「言い切れれば、大げさでも良いのだ。だいたいそうとでも書かねば、書くことがないわ。商売人になろうというなら、そのくらいの嘘《うそ》もつけずにどうとする！」

「そ、そうか……であるなら、内容としては立派なものではないか。どこに悩む？」

「平凡すぎるように思う」

ルターは怪訝《けげん》な顔をした。書類を手の甲で叩《たた》きながら、

「英雄的な人物像だ」

「いや、皆そんなようなことを書くのでな」

賃仕事の長、組合の長、行事の主催者、幹事長、副代表、編集長……。

「今まで百万人もの英雄が生まれてきた。それが就活だ」

「……面接担当もさぞかしうんざりだろうよ」

「だからこそ、就業体験や留学があると強いのだ」

「就業体験とは、ただ働きではないか。選考にも無関係なのではないか？　強いというのは、選考に関係あるということにならんか？」

「あるのかないのか誰にもわからん。そこにあると信じて就業体験をすべきだ」

「内定とは理想郷か何かか。まったく恐ろしいわ、わし、いやだわ、こんなの。理系で良かった」

「理系は就活が一〇〇倍楽だそうだな。ああ、高等生の時には、文系にこんな苦労が待っているとは気づけなんだわ」

そこに食材の買い出しに行っていたロエルが戻ってきた。

「なんだチタン、貴様まだそんなものを広げているのか。しまえしまえ。酒がまずくなる」

毒づきながら外套《がいとう》を脱ぎ捨て、食材を台所に運ぶ。雨除《よ》けの加護などとうに切れているのか、外套は裏地まで濡《ぬ》れそぼっている。

「よし、辛気《しんき》くさい大男のため、ひとつ腕によりをかけてやるわい」

ルターが腕まくりしながら立ち上がる。立っても、椅子《いす》に座っているチタンより背が低い。かわりにロエルが、椅子こたつの中に足を突っ込んだ。

料理はドワーフの方がうまいらしく、分業されているようだ。

「む、エルヴィン」

二七型の少し古い受像器に目を向けると、水晶画面で四人組のエルフが歌っていた。

「いかんいかん、録画せねば」

ロエルが手元の操作盤をいじる。

「おぬし、本当に好きだな、エルヴィン」

「歌唱力だ」ロエルがぴしゃりと言った。「俺は偶像集団に格別の興味はない。断じて偶像御《お》宅《たく》ではないのだ。が、エルヴィンの歌唱力、これのみは評価せざるを得ん。彼女らの歌には、古典的宮廷音楽にも通ずる雅《みやび》があり、芸術の擁護者たる俺……」

「わかった、わかった、わかった」

饒舌《じょうぜつ》になりかけた黒エルフを素早くいさめると、ふたりでその楽曲に聞き入った。

かつてエルフは森と調和していたという。

だが現代では、その美貌《びぼう》を武器に芸能界と調和している。

この種族には美しくない者の方が珍しいくらいだが、中でもエルヴィンなる四人組の歌唱集団はいずれもこの世のものとも思えぬ美貌の持ち主だ。一説では、加工画像とも囁《ささや》かれる。

しかし美しすぎることにも、問題はつきまとう。

「エルフの芸能人は」チタンは噂《うわさ》話を口にする。「全員非処女だと言われるが、このエルヴィンもやはり……」

ロエルは両耳をふさいでいた。

「おい」

「貴様も長生きすればわかる」今年一一〇歳を迎える黒エルフは言った。「不都合なことを耳に入れなければ、心も痛むことはないのだ」

「お、おぬし、正気か？　そこまで本気なのか？」

「黙れ」

「エルヴィンはよく熱愛報道されているし、連れ込み宿から男と出てきた写真なども幾度となく……それこそ五〇年くらい前から……」

「黙れ黙れ黙れ」

ロエルは頑としてチタンの言葉を受け入れなかった。

チタンが背をうしろに預けると、肩が棚をかすめて、その上にあった券が頭の上にひらりと落ちてきた。手にする。

『エルヴィン第２４２歌曲全集　発売記念握手整理券　◆整理番号１２５７９５番◆』

はじめて見るものなので、一瞬悩んだ。

これはもしや、と理解するよりも早く、ロエルの黒い腕が電光石火《でんこうせっか》の動きでその券を運び去った。

「友人に頼まれたものだ」ぴしゃりと言う。「どうしてもと言うから、そのな」

「わかっている、わかっているぞ……貴様は義理堅い男よ……」

鈍いチタンでも、さすがに地雷《じらい》だと理解していた。

ちなみに地雷とは、埋め込み型の戦争用魔法印のことだ。

踏むと放電するその仕組みから、転じて触れてはいけないことを意味する俗語となった。

「そうなのだ……俺は……硬派よ……」

気まずい沈黙が漂《ただよ》う。

とにかく空気を戻さねば、とチタンは決めた。

水晶画面を指さし、

「確かに美しいなこの者たちは！　いや実に麗《うるわ》しい！　特に、ええと……このチアリーという者は別格だな！」

「おお、おぬしもやはり好きなのではないか！　しかもチアリー推《お》しとはいい趣味だ！　わかっているな！」

「も？」

「あ、いや」

ロエルは目をそらした。

「……チアリーは、四人の中では一番人気でな。ま、一般論だが」

急に小声となって、そう解説する。

「そ、そうか」

これ以上つついて別の地雷を踏んでも厄介《やっかい》だと、しばし無言で画面を眺《なが》めた。

「しかしあれだな。ここまで美しいと、現実味が乏《とぼ》しいものだな」

「まあ、それは偶像と呼ばれるくらいだからな」

このくらいの方が、俺は気楽に愛好できるのだ。ロエルは受像器を眺めながら、物思わしげに呟《つぶや》いた。

その顔つきは、チタンを切なくさせた。

「……就活にも容姿差別があってな」

「え？　本当に？」

「ある。化粧業界なんかだとな、露骨《ろこつ》に顔採用だ」

「ああ、それはまあ……うむ……」

「自分の容姿に自信がある者だけが行くそうだ」

「その性格推して知るべしだな。まったく淫売《いんばい》は救いようがない」ロエルは女叩《たた》きが趣味のようなところがある。「我《われ》らが組合だと、来倉《くるくら》あたりが狙いそうな就職先か？」

「いや、来倉はどうかな」

チタンは冷静に分析した。

「あの女は、自分と同格以上の娘が大勢いるところには行くまい。比べられることを避けているからこそ、このような男所帯の組合に好んで関わっているのだろうからな」

去年の学祭に、芸能人が呼ばれたことがあった。エルヴィンほどではないものの、かなりの人気があるエルフの三人組だ。

若い女性層の支持をも得ているエルヴィンとは異なり、三人組の芸風、すなわち人格作りはヨミカのそれと似ていた。甘い作り声に、大げさなしな、そしてあざとく設定された趣味嗜好《しこう》。明らかに好事家《こうずか》（御宅《おたく》）男性を狙い撃ちにして結成された集団である。

ヨミカは常々「あたし、この三人大好きなんですよねー」と主張していた。それは男性受けのする物言いだった。

組合の取り巻きたちと、

「ヨミカ姫《ひめ》、いずれ機会があったなら、是非《ぜひ》皆で生演奏を観に行きましょう」

などと約束し合っていたものだ。

ところがいざ当人たちが来校すると、ヨミカは逃亡。

姿を消し、携帯でも連絡が取れなくなった。

「取り巻きたちの騒ぎようときたら、見られたものではなかった。姫を探して右往左往、まるで戦《いくさ》でも仕掛けられたかと思わんばかりの大騒ぎよ」

チタンは荒っぽく酒樽《さかだる》を傾けると、一気に飲み干した。

「そうして学祭が終わってから、のこのこと現れた。体調が悪くて物陰でひとりでうずくまっていたんだそうな。猫か貴様は。取り巻きどもは信じていたようだがな。俺は思うところがあった。おぬしではないが、淫売《いんばい》と罵《ののし》りたくもなるわ」

飲み終わった小樽を、屑籠《くずかご》に放り込む。

ロエルはチタンをじっと見つめていた。

「どうした？」

「たいした慧眼《けいがん》だ。よく見ているものよ。よほど気にな……」

「演技力だ」チタンはぴしゃりと言った。「俺は来倉《くるくら》のことなどさほど気にしておらん。取り巻き連中の仲間に加わりたいとも思わん。が、やつめの演技力、人格作り、器用さ、そういった部分にはほとほと呆《あき》れるとともに、感心しておるのよ。どだい……」

「わかっている、わかっている、わかっている」

今度はロエルが、チタンを必死になだめた。

「いや、本当に……本当にそうなのだ……確《かか》かだ……」

名状しにくくもやるせない気持ちを等しく抱えたふたりは、番組に気持ちを向けるのだった。

画面ではエルヴィンの四人が、エルフならではの身軽さを発揮し竜巻のように腰を振っていた。

†

一月。勤労兄弟団の苦闘、続く。

「今日の面接は手ごたえがあったよ。考えていたことは全て話せたからね。とにかく僕は、喋《しゃべ》り上手。この強みを発揮すべく、全力を尽くしたのさ。他の就活生が質問に対してほんの一分ばかり話すだけという中、僕はひとりで喋り続けた。全ての質問に対して、面接官が止めるまで話し続けるように決めていたんだ。今日の僕は、誰よりも目立っていたはずだよ」

詩歌を吟《ぎん》じるような物言いで、〝饒舌《じょうぜつ》〟のヤリアは自《みずか》らの面接体験を語った。

ヤリアは一一五歳の若きエルフ。

猶予《ゆうよ》制度をほどよく活用し、その間にのんびりと留学や就業経験、資格取得などの就活に有利をもたらすものをうずたかく積み上げている。

報告を聞き、仲間たちは皆思った。

これは受かる。

五日後。

ヤリアは落ちた。

「…………………」

〝饒舌〟のヤリアは〝静寂《せいじゃく》〟のヤリアになってしまった。

「今日の一次面接、受かったかも知れん。いや、面接官とえらく気が合ってな。話は弾みに弾み、笑いの絶えない面接会場となった。あれほどの一体感、今まで感じたこともない。今付き合ってる、外見よりは性格で選んだ彼女とすら、あのような感覚は共有したことはない。素晴らしい面接だった。俺はあの大手商会に、入れるかも知れん！」

〝不敵者〟の異名をとるキルアですら面接には苦労させられていたが、久しぶりに豪放な態度を取ってみせた。

キルアは本来、できる男。成績良し、体力あり、資格あり、やる気あり。

だが面接という独特の力学が働く世界においては、その力を発揮できずにいた。

キルアは見栄を張ることはない。そんな男が、こうまで言う。仲間たちは確信した。

これは受かる。

落ちた。

「…………………」

〝不敵者〟のキルアは〝抜け殻〟のキルアになってしまった。

「俺、はじめて面接で強気に攻めることができたんだ！　みんなと一緒に対策頑張って、そのおかげで、生まれ変わることができた！　そしてこの新しい俺で、社会人として、立派に働いていけそうなんだ！」

クルート合格間違いなし。

誰もがそう思い、落ちた。

「このグルディス髪吉《かみよし》、今度こそ間違いなく受かった！　なぜならば……」

落ちた。

「……俺か？　俺はどうせ落ちている。弱気だと？　いや、今まで皆、面接後に強気に出て、それで落ちるということが続いていたろう？　旗を立てた瞬間にへし折られる運命に見舞われたというか、魔的な因縁《いんねん》でもついたのかと思ってな。だからあえて逆張《ぎやくば》り。落ちた落ちたと言っておくことにしたのだ。運命の女神もこれで泡を食い、俺を受からせるかも知れん。もし受かったら、皆も試してみるといい」

同日に二件分の不採用通知が届いた。

†

図書館の会議室を、凶悪な人相の若者たちが占拠しているということが学内の噂《うわさ》になりはじめた頃、文化館入居組合合同で激励会が実施された。

「それじゃあ、これから就活に挑《いど》むみんなの必勝を祈って、かんぱーい！」

イディアとともに司会進行を担当しているヨミカの合図で、居合わせた全員が酒杯を掲げた。

「あれ？　どうしちゃった？　なんだか、反応が鈍いよ？　それに……目が死んでる？」

時期が悪かった。

一月は早期から就活に励んできた者たちが、ちょうど疲れ果てる頃合いである。

そして、解禁以降に活動を開始した者にとっては、ちょうど就職という壁の厳しさを理解できる頃合いでもある。

内定をものにできているのはまだまだ一部。

大半の者の顔色が悪くなる道理である。

「と、とにかく元気出して戦っていきましょーい！　それじゃあ、自由にご歓談っ」

両腕を交差させるように宣言する。

煽《あお》られ、死相の若者たちはのろのろと動き始める。

酒杯を片手に、うーだのあーだの呻《うめ》きながら、酒場内を体を左右に揺らし歩く。

「ひいっ、死人の国!?」

貸し切りであることを知らず入店してきた二人連れの商会員が、恐れおののき逃げていった。

「いかんな。暗すぎるぞ、こいつら。暗黒谷の民ではあるまいに」

イディアが嘆《なげ》いた。

このような暗い酒宴を催《もよお》したとあっては、主催者としての名折れなのだ。

「何か皆を喜ばせる、出し物でも用意しておけば良かった。ヨミカ、心当たりないか?」

「ううん、出し物ねえ。できることといえば、国王ゲームでもする?」

「あの様子だと、たいして盛り上がらんぞ」

「芸人さん呼ぶとか。無理か」

「若手の道化師で良いなら、知り合いにいるがな、今からだとなあ」

いるんだ、とヨミカは急に抑揚《よくよう》のない声で呟《つぶや》いた。

「もっと大物の知り合いもいるぞ。俺が囲み記事を連載している服飾雑誌の懇親会で知り合ったあの有名な……」

「それより、今すぐできること探そ、イディア君」

司会者以上に当事者らにとっても、この辛気《しんき》くさい激励会の雰囲気《ふんいき》はたまらないものがあった。

「誰か、魔法とか使えよ。火の玉とか出せ。俺たちを楽しませろ」

「魔法って勝手に使ったら違法じゃないのか?」

「資格持ってる奴がいれば問題ないはず」

「おーい、魔法学部の資格持ちのやつー誰かいないのかー」

「つうか、魔法学部とか理系の奴らは就活に苦労しないと言うじゃないか。許せんな、正直なところ」

「ああ、私的制裁を加えたいところだな」

ねじ曲がった話し合いの結果、やがてひとりの黒エルフが皆の前に引っ立てられた。

「こいつ、就活もしてない分際で飲み食いしてやがりましたぜ、ヨミカ姫《ひめ》」

「お、俺はチタンに呼ばれただけなんだが……」

屈強な学生に首根っこを押さえられたロエルが、潤《うる》んだ目で訴えた。

「それはいいからロエル君。魔法使って」

「魔法?」

ロエルの鼻がひくと動いた。

「資格持ってるんでしょ? よく知らないけど」

「確かに俺は、魔法物全般を扱うための危険物取扱者、直接魔法を実行するための魔法士、そして普通御者《ぎょしゃ》免許をも持っているがな」

「普通免許はともかく、魔法使ってこの場を盛り上げてもらえるとありがたいんだけど」

「まあ、火おこしくらいなら」

チタンが便所から戻ってくると、なぜかロエルが広間の小演壇（楽師などに生演奏させる場所）に立っていたので、驚いた。

「ど、どういうことだ?」

「乗せられたようだの」とルター。

「就活生諸君は、文系ということで魔法にはあまり詳しくないだろうから、軽く講義してやろう」

観衆からは野次《やじ》が飛んだ。

黙れ。死ね。ほざけ。酔っ払いの野次であった。

確かに魔法学は、若者にとって興味のある分野ではない。原理や応用についての基礎的知識さえ、それは義務教育で習うものでありながら忘れてしまっている者も多い。

「まず魔法とは、万物を構成する精霊に、魔力で働きかけるものだ。魔力は個人差はあるが誰でも持っていて、それはそこらの猫にすらある。魔法は、おのおのの物質ごとに異なった強さで結びつく。そのため世の中は、このような多様性が生じているのだが……これは愚民どもには少し難しいか？」

大衆から野次が飛んだ。

猶予《ゆうよ》期間野郎が。差別されたいか。回りくどいぞ。

「……えー、中でも特に魔法を通しやすいものがある。これが魔法銀とか真銀と呼ばれる希少金属でな、〈新大陸〉ひとつで他の五大陸全ての埋蔵量を上回るため、先の独立戦争でも……」

聴衆から野次が飛んだ。

歴史の授業などするな。死ね。ほざけ。

「……えー、この魔法銀で作った回路に魔法を流すと、精密な制御が可能となる。今日《こんにち》の魔法道具の大半は、こうして性能を安定させているわけだ。また同じように、魔法を蓄積・供給する性質があるのが石英《せきえい》、つまりは魔晶石《ましょうせき》だな。古くは水晶球として、占星術などに利用されてきた。こいつのおかげで今日の蓄霊技術があるし、我々《われわれ》にとってもはや手放すことのできぬものである携帯なども生まれたわけだ」

聴衆から野次が飛んだ。

話が長いんだよ。そのくらい知っとるわボケ。とっとと魔法を使わんか。

「待て！　これだけ説明させろ。生身の魔法はな、効率が良くないのだ。人の魂《たましい》は微量だが魔法を生成できるし、それを血管を通じて全身に巡らせることもできる。血管というのは複雑だから、任意の経路に魔力を集めることで擬似的な回路が作れるのだが、それがいかに体質に左右されるものか……生身で魔法を使うとはそういうことなのだが、わかるか？」

わからんわボケ。とっととやれ。邪悪《じゃあく》な黒エルフめ。

さすがに身の危険を感じたのか、ロエルは小さな卓《たく》を前に、施術を開始した。

といっても、特別の儀式や呪文があるわけではない。そういうものは、唱えたいものが精神集中のために唱えるものである。

体内の魔法的循環を制御できれば、魔法が使える。

あとは才能の多寡《たか》があるだけなのだ。

「むふう……」

卓《たく》上の蠟燭《ろうそく》に両手を向け、ロエルは念じ続ける。その顔は真剣そのものだ。

額《ひたい》に汗が浮かび、呼吸は荒くなる。

よほどの気合いを込めているようだ。

聴衆は就活の苦労を忘れ、魔法芸に見入る。

まだ、蠟燭に火はつかない。

やがて力むあまりロエルの下唇はねじ曲がり、めくれはじめた。

額には血管が浮かび、喉《のど》の奥からはぐぬぬという呻《うめ》きが漏《も》れはじめる。

聴衆は生唾《なまつば》を呑み込む。

「ぬふう、ぬふう」

顔が歪《ゆが》み、唇はめくれ、舌はぬらぬらと四方に突き出た。

馬面《うまづら》になったかと思うと、おちょぼ口になり、次には顎《あご》をしゃくれさせた。

喜怒哀楽《きどあいらく》のいずれにも属さない奇異なる表情が、次々へと現れては消えていく。もはや百《ひゃく》面相《めんそう》の域である。

最初の誰かが飲んでいた酒を盛大に噴《ふ》きだす。

連鎖的に、ほとんど瞬間沸騰するかのように、聴衆も爆笑した。

極度の集中にあって、ロエルはそうした反応にすら気付かず、着火の魔法に没入した。やがて五分も経過した頃だった。

笑いもいったんはおさまり、場は静まりかえった。

だがそれは、気持ちが冷めたわけではない。

ロエルが次にどんな笑いをもたらしてくれるか、期待するあまりの沈黙である。

かつては権謀術数《けんぼうじゅっすう》に生きた黒エルフの始祖らが、今のロエルの姿を見たなら、彼らなりの慈悲《じひ》から即座に刃に毒を塗り込めることだろう。

果たしてロエルは、より高き笑いを求める大衆の望みに見事に答えた！

「む……来たぞ。点《つ》く！　見ろ貴公ら！　これぞ我《わ》がふるさと、秘境コーズークに伝わりし猪突流《ちょとつりゅう》元素魔術秘儀、業火《ごうか》の法！」

まるでその宣言通りの毛筆体を空間に背負うかの如《ごと》き怒濤《どとう》の勢いで、ロエルは叫んだ。

そして小さな火が、灯《とも》った。

ただし蠟燭の芯ではなく、同じ卓の端に備え付けてあった、手拭き紙の束に。

今度はさすがのチタンもこらえきれなかった。

広間に笑いの渦が巻き起こった。

今度は、たっぷり五分は、おさまることはなかった。

「面白かった。ロエル君、今日の飲み代、なしでいいよ！」

ヨミカが目のはしに涙を浮かべながら、ロエルの腕を叩《たた》いた。

「……笑いすぎだ、貴様ら」

羞恥に耳まで赤黒く染まったロエルは、いまだ腹を抱《かか》えているチタンとルターを、非難がましく睨《にら》んだ。

「悪いなロエルよ。だがあれは誰でも笑うと思うがな」

「あれで笑わんやつは堅物の上エルフにもおらんわい」

「まったく、これだから人間やドワーフは品性が育《はぐく》まれんのだ！」

むくれたロエルは、壁を向いて座り、猛然とただ酒を食らいはじめた。

その時である。

誰かの伝話《でんわ》が鳴った。

全員が反射的に時刻を確認した。

午後の五時半である。

……決して、ないわけではない時間帯だった。

「私だわ」

就活仲間のフクリコが、集団の中から抜け出て、携帯を胸に抱え、外に駆けていった。

「あれ？　どうしたのこの雰囲気《ふんいき》？」

ヨミカが戸惑っている。

就活生ではなく、そもそも宮廷大の学生ですらない者に、この急激な温度変化の意味を推《お》し量《はか》ることはできない。

つい先ほど、最高の笑いですっかり生気を取り戻した就活生たちは、血走った目で出入り口を凝視していた。

フクリコが戻ってきた。

顔は紅潮《こうちょう》し、眼鏡《めがね》は曇っていた。

チタンはその姿を見て、愕然《がくぜん》とする。

「……受かったのか、同志フクリコよ」

「ええチタン、受かったわ。私、受かった……採用、内定よお！」

その時、全ての就活生が、フクリコの全身から放出される輝《かがや》きに、目を灼《や》かれた。

それこそは内定光。

就活生が内定者に対して抱く強烈な劣等感が、輝きのように感じられる現象であった。

「フ、フクリコよ、どこだ……どこに受かった？」

グルディスが震《ふる》えながら歩み寄り、彼女の肩を摑《つか》んだ。

普通、どこに受かったという話を、軽々しくは言わないものだ。

だが聞かずにはいられなかった。そしてフクリコも、勢いに呑まれ、口にしてしまう。

「私が内定をもらったのは……美獣園《びじゅうえん》よ」

大衆がどよめいた。

美獣園。超大手化粧品企業である。

「馬鹿な……」

種族的な容色を十分にそなえたエルフが後ずさり、尻餅《しりもち》をついた。下着が丸見えだったが構うことなく、フクリコを指さす。

「この私でさえ、顔採用で落とされた、あの美獣園《びじゅうえん》に……どうしてあなたのような、太った女が？」

普段なら、フクリコはこの発言で屈辱を受けたはず。

だが今ばかりは違った。

光輝を背負う今のフクリコは、侮辱《ぶじょく》を柔らかく受け止め、そしてエルフに向かってうっすらと憫笑《びんしょう》を向けたのだ。

強い光。

エルフが短く叫び、両目を押さえた。灼《や》かれた。

誰かがごくりと喉《のど》を鳴らす音が、やけに大きく響いた。

もはや激励会は、ヨミカらのいかなる努力にもかかわらず、二度と和《なご》やかさを取り戻すことはなかった。

「……しかしあんな女が、顔採用で有名な美獣園に受かるとはな」

「……仕事はできそうな女だったが」

「……さすがあれほどの世界企業ともなると、本当の〝戦士〟を求めているということか」

脱力が厚く横たわる会場のどこからか、そんな囁《ささや》き声をチタンは聞いた。
就活地獄にさした一筋の光明。
だがそれは、決して福音《ふくいん》とはならなかったのである。

草食オーガ　☆　2日前
本日これより合同説明会に参加。今回は運良く出席枠を確保できたが、予約は殺到していたと聞く。皆が焦《あせ》りはじめている。

草食オーガ　☆　1日前
今回も、説明会はさながら催《もよお》しのごときものだった。まるで娯楽番組の収録のようで、就活の厳しさを微塵《みじん》も感じさせない。だが俺たちは知っている。一生を定める戦いが、すでに佳境に入っているということを。

草食オーガ　☆　1分前
また不採用の通知が来た。今すぐ企業に伝話《でんわ》をして、理由を問いただしたい衝動に駆られている。正解がどこにあるかわからない。なぜ落ちる？　どうすれば受かる？

「おいチタン、グルディスが内定とは本当か!?」

勤労兄弟団のキルアが、冒険組合の部室に飛び込んできた。

「おう、事実よ。もはや残っておるのは、俺たち三人のみとなったわ」

答えたのは、ドワーフの強面《こわもて》、レゼンであった。

「タンタロン魔法堂だそうだな、グルディスの内定」

チタンは就活関連の書き物を続けながら、淡々と言った。

「やけに落ち着いているな。タンタロンだぞ?」

〈新大陸〉の経済活動にもっとも貢献しているとされる十傑商会のひとつとされ、事業内容は魔法製品の製造。

今、学生がもっとも入会したい就職先のひとつである。

「今更焦《いまさらあせ》ってても仕方あるまい。座って落ち着いたらどうだ?」

キルアは陰気な顔で、長椅子《ながいす》にどっかと腰を下ろした。

肘《ひじ》でも当たったのか、隣に座って漫画を読んでいたロエルが、眉をひそめた。

あれから二か月近く経つ。

ともに苦しみ、戦い続けてきた仲間である、クルート・ヤリア・クナヴィの三名が内定を決めていた。

あっさりと決まってしまったのには、理由がある。

三人は当初、宮廷大という上位銘柄にふさわしい水準の職場を求めていた。

そこを、妥協した。

有名な中小以上、という基準を大幅に引き下げ、無名の零細《れいさい》以上、に。

別の言い方をするなら、無名の零細で良い、ということだ。

そして三人は決めた。

新卒手取り一一万、額面一三万の零細商会に。

滑り止めだろうか？　いや、そうとはならなかった。

三人は内定を取ると同時に力尽き、就活から離れることを選択した。上を目指すつもりはもうない。そう言い残し、団を去った。

聞くところによると、零細でありながら、他社に内定をもらっても行かないという誓約書まで書かされたらしい。

チタンたちはまだ、妥協までは至らない。

ゆえに、過酷な戦いを続けていた。

キルアは頭を抱《かか》えた。

「ああ、グルディス、あいつ程度で、タンタロン……」

普段は口にしない失言なども皮膜に包むことなく飛び出る。

「嘆《なげ》くなキルアよ。手の届きもしない超大手を見上げても意味はないぞ。我々《われわれ》は、手の届く範囲で最上を目指すのだ」

レゼンは諭《さと》すように言った。

彼は二台の帳面型水晶板を同時に起動させ、おのおのの設定をいじっていた。

「それにしてもチタン、あっちの卓《たく》はいつ空くのだ？」

あっちの大円卓では、一〇名ばかりの集団が談笑しながら書き物をしている。

そちら側《がわ》では、停止時計を手にしたヨミカが片手をあげて宣言した。

「はーい、あと三分でぇす。急いでくださぁい」

チタンは甘い作り声に顔をしかめた。

円卓にも、数台の水晶板が設置されていた。皆でそれを囲んでいるのだ。キルアは彼らが何をしているのか気付いた。

「ああ、伝書試験か、あれ」

企業側に登録用紙が受理されると、次は伝書試験を受けることが多い。

伝書網に接続できる水晶を用意できれば、場所はどこでも受けられる。内容は基礎的な学力試験や一般常識だが、制限時間では解けないほどの出題がある。

よって複数で問題を分担して解答するという不正が横行していた。

果たして不正と呼んでよいのかどうか。

企業側も完全な解答を求めているわけではないとも、極端に低くなければ採用選考には大きな影響はないとも囁《ささや》かれている。そして学生が友人を集め、本来はひとりで受けるはずの試験を複数で対処していることも、容易に見抜いている。

そうした前提の上で、学生たちも体裁《ていさい》を整えるために人数を動員し、当たり障《さわ》りない解答を作り上げている。あるいは企業が見ているのは、そういう能力なのかも知れない。

そしてチタンとレゼンも、伝書試験の待機中であった。

網《あみ》に繋《つな》がる水晶が足りないため、冒険組合の備品が空くのを待っているのだ。

「というか、イディアが仕切りをしているではないかオイ」

チタンらは無言で口元だけを歪《ゆが》めた。

わかっていることだ。だがキルアにとっては初耳だろう。

「おいイディア、おぬしこっちにまるで顔を出さず、何をしている？　我々《われわれ》の指導はどうした？　商売に自信があるというわりには、無責任すぎぬか？」

割り込んでしまった。

イディアは何を心外な、といった顔で、諭すように告げる。

「十分な指導はしたはずだが？　こちらの指導を無視して、理想ばかり追っているのはそなたらではないか」

「それは志望企業の基準を引き下げないことを言っているのか？」

チタンはやめておけキルアと小声で諭したが、興奮してしまったのか聞き入れない。

「だいたいその連中は何だ？　遊んでいるくらいなら、こっちの面倒をだな」

「キルア、彼らは俺の顧客だ」

「なにい？」

「就活支援事業、第二期の塾生たちだよ」

キルアは愕然《がくぜん》とした。

「我々《われわれ》をほったらかして……別の者を……え、それで、また、金を？　おぬし、それは詐」

「やめておけい」

致命的な暴言を吐きそうだったキルアを、レゼンが引き戻した。

イディアのことはもういい。

そういう合意がされていた。

「どうも我々の間には、悲しい誤解があるようだな。あとで話をしようじゃないか。冷静になったあとでな」

イディアに詰め寄ろうとするキルアの首に、背後からチタンが腕を回した。キルアも良い体をしている方だが、チタンとは大人と子供ほどの差があり、押さえ込まれる。

「……レゼン、試験を受けるのは明日にする。ロエル、ルター、呼んでおいて悪いがいったん解散だ」

キルアを引きずり部室を出て行くチタンらを、ヨミカが醒《さ》めた目で見つめていた。

おずおずと部室に入ったチタンを、たまたま出くわしたヨミカは黒目がちな瞳《ひとみ》を大きく見開いて見上げた。

「チタン君って言うんだ。おっきいねー」

満面の笑顔は、十分に可憐《かれん》と称してまったく差し支《つか》えなかった。

目鼻立ちも整っていたが、なにより体が引き締まっていた。単に細いだけではなく、筋も発達していて、すばしこそうなところが目を引いた。

自身が鈍重であることの反動からか、とても新鮮に思えた。

一年生の頃だった。

いずれかの学生団体に所属しようと、あちらこちらと見学している最中に、同じ新入生だったイディアやヨミカと知り合った。

イディアからは、彼女は他の大学から遊びに来た友人だ、と紹介された。

友人。

初対面の人間にそう説明することは妥当であるから、チタンも静かに受け入れた。

それでも一年生の最初の時期、三人はよく一緒に行動していた。

そのうちイディアは、組合内で知り合った別のより有益な友人と行動するようになり、チタンたちと一緒にいる時間は減った。

その新たな友人を通じて知り合ったという、被写体業のエルフと交際を始めたということを噂《うわさ》で聞いた。

ヨミカはもう宮廷大には来るまい。

チタンはそう覚悟した。

自分の大学に通う傍《かたわ》ら、時間を見つけては宮廷大にも顔を出しているということだったから、動機を失えばもう来る理由はなくなる。そう思い込んでいたが、結果は違った。

「別に付き合ってたわけじゃないんだけど？」

それはそれは。

ヨミカは引き続き、宮廷大に顔を見せた。

チタンは大学の帰路、道を全力疾走しているところを自動（馬）車に跳ねられたがほぼ無傷で済むと同時に、相手からは示談金を押しつけられるという小さな幸せも重なった。

全てが良かった。ここまでは。

チタンが最適と信じていた均衡《きんこう》が崩れたのは、ヨミカが突然、新しい友人を紹介すると言って男を連れてきた時だ。

「三年生のロエル君とルター君。長命種猶予《ゆうよ》制度で何年か一年生やってたみたいだけど、あたしたちが二年になる時、一緒に進級してくれるんだって。すごく優しくない？」

こういうことになった。

正直、最初はどうとも思っていなかった。

一年生の時点では、ふたりとも先輩という形だったたし、成熟年齢的には大差はないとはいえ、一応は年上ということで馴染《なじ》みにくいものがあった。

向こうも似たような印象だったという。

「でかいやっちゃなー。こやつは人を殺せる、と思うたわい」

「うむ。こいつは粗暴に違いないから、怒らせぬ方が良いと、ルターとは相談していた」

当時を述懐《じゅっかい》し、歴史的には被差別民として扱われたこともある種族のふたりは、そんな偏見まみれのことを呼吸をするように口にした。

四人はぎこちなく、付き合いはじめた。

牽制《けんせい》したいのが本音だったが、そんな露骨《ろこつ》な態度をとる勇気もなかった。

ちょうどこの頃である。

新歓冒険の問題が巻き起こったのは。

以降、ヨミカの行動のはしばしが、別の意味で気になるようになった。

そしてなぜか、ロエルやルターとは縁が深まった。きっかけこそ被害者同盟のようなものかも知れないが、そのうち自然体の付き合いに落ち着いた。

夢から醒《さ》めた。

今のチタンは、そう分析している。

チタン・ロエル・ルターの三人は、大学の並木道をあてどもなく歩いていた。レゼンはキルアを連れて、文化館と対《つい》をなす競技館（両名、運動部のため）に引き上げていった。

夕刻ほどだったが、すでに空には星々が瞬《またた》きはじめている。

「どうする、俺の家、行くか？」とロエル。

「いっそのことうちで伝書試験を受けたらどうだ。手伝うぞい？」

「今度でいいさ。それより書店に寄らせてくれ」

三人は大学構内の書店に立ち寄る。

「おぬしが本など珍しい。何を買い求めた？」

ルターの問いに、チタンは紙包みから中身を取り出す。

『成功概念』

「新刊か？」とロエル。「聞いたことのない題名だ」

衒学《げんがく》趣味のロエルは、長寿にまかせて知識だけは豊富で、読書も好む。一時はその知識を邪《じゃ》悪《あく》に活用し『なぜだ日記』あたりで意図的に陰湿な議論を繰り広げていたという男である。

そのロエルが知らないという書物であった。

「今受けている商会の応募条件が、会長の自伝を読んでいることでな。これを読み、感想を書かねばならんのだ」

「……まこと就活界とはこの世に再現された冥府《めいふ》のようなものよの」

業《ごう》深きこととこの上ない、とルターは大地の神に祈った。

その後、ロエル宅に向かっての移動中、仰々《ぎょうぎょう》しい一団と出くわした。

少年ひとり、お供の者数名。全員が私服とはいえぬ装《よそお》いをしている。

その少年は十四、五に見えてその実二〇歳を超えており、〈東都《とうと》宮廷大学〉に通う大学生であり、〈イ・ユー連合王国〉の複雑きわまる統合王家における王太子の身分にいるお人であった。

この説明ではわかりにくいかも知れない。

宮廷大学はその名の通り、〈イ・ユー連合王国〉が正式に成立して間もない地歴一八一五年に設置された、王立大学である。

無数の小国が、海の向こうの諸列強国からの植民地政策に抗《あらが》うべく大慌《あわ》てで統一し、〈イ・ユー連合王国〉は建国された。

多数の王国が、突然ひとつの立憲君主国となったため、大量の王侯貴族が国中に浮いた形となった。それら子弟が通うための学校として、国内に八か所の王立大学が取り急ぎ設置されたが、そのひとつが〈東都《とうと》宮廷大学〉である。

入学難易度はそれなりに高い。とはいえ、今はそれ以上の大学も多くあるのが実情で、最難関と難関の中間に位置する大学として認識されている。

当時の名残で、今でも一部の王族は伝統的に通うことが推奨されており、時期国王となることが確実とされる王太子もまたそのひとりだった。

名をヤンゴーンと言う。

そうした一行と、三人はすれ違った。

「殿下《でんか》こんばんは」

チタンが軽く挨拶《あいさつ》した。

「相変わらず大行列だのう、殿下」

ルターもまったく緊張の色は見せない。

ロエルだけ、青ざめた顔をして震《ふる》え上がった。

「おお、皆。大義である」

「うむ、大義である」

チタンは返礼のつもりで言った。

ヤンゴーンの供の者が、一斉にチタンらを睨《にら》みつけた。警戒されているのだが、チタンたちは気にしていない。そもそも自分が失言をしたことすら気付いていないのだ。

「皆、これから帰りか?」

「ああ。部室がうるさくてな。そちらは?」

「研究室に行くところだ。明日、実験をするので、その準備を手伝う」

ヤンゴーンはロエルと同じ、魔法学部に属している。

「ふむん? もう研究室に配属になったのかの? 四年生からではなく?」

「いや、こちらからお願いして、見学させてもらっているのだ。ゆっくり決めて良いと言われたのだが、それでは悪いと思い実験の手伝いなどを引き受けている」

勤労学生の極《きわ》みであった。

猶予《ゆうよ》制度を活用して永遠の四年生を続けているロエルとは、まるで違った。

「そうだ、そなたら、今から研究室に遊びに来ぬか? すごく高い魔鏡が導入されたのだ。すごく、すごい器具なのだ!」

次期国王は開花を思わせる笑みを浮かべた。

「ロエルとルターはまこと残念。本当にすごい魔鏡なのだが……」

構内に戻り、今まで入ったこともない魔法学一二号館の、そのまた奥まった位置の研究室に連れてこられた。

ロエルは「恐れ多すぎる! おぬしらなぜ平気なのだ!?」と辞退したし、ルターは「面倒だのー」と断った。

チタンもいまいち乗り気にはなれなかったが、熱意に負けて来てみるとなかなか物珍しく、面白いものだった。

子犬のようにはしゃぐヤンゴーンと、気怠《けだる》そうに付き合うチタンを、王太子の身辺警護を担《にな》う侍従武官らは恨めしげに見つめていた。

「これが当研究室の自慢の逸品、高分解能魔法鏡だ！」

研究室に隣接した水晶張りの部屋に、巨大な器具が設置してあった。

「準備はできている。そこから観測するんだ」

白い上着を羽織《はお》ったヤンゴーンが、チタンに器具の穴をのぞくように促《うなが》した。

「……うむ。何か見える。これは何だ?」

穴の向こうで、海星《ひとで》のようなものが横一列に繋《つな》がっていた。

「それが結合状態にある水精霊だ」

「ほう。これが」

万物は目に見えぬほど微小な精霊で作られている……そのくらいの魔法知識はチタンにもあった。

「すごいことなのだ」とヤンゴーンは解説する。「ものが見えるのは、光の精霊が物質と相互作用するためだが、一定以上に小さい物質は光の精霊と仲が悪くすれ違ってしまう。そういう

ものは観測自体が不可能だったのだが、この魔鏡は……」

確かに海星《ひとで》のようなものをよくよく観察すると、少女の形をしているような気もした。

観測技術がなかった大昔の童話などで、精霊はしばしば少女の姿をとって現れるが、関係でもあるのだろうか？

「……ということなのだ。これが二億円とは安い。我《わ》が宮廷大は良い買い物をしたと思う」

「これ拡大したただの水なのか？」

ヤンゴーンの言葉を平然と受け流しつつ、チタンは聞いた。

「いや、それは犬のおしっこだ」


チタンは出された黒茶をすすった。

王太子手ずからの茶を、たいしてありがたがりもせずに飲み干すチタンに、侍従たちはさらに強い視線を送るのだった。

「うむ。たまに並木道を散歩に連れて行く」

「知らなんだ。悪いな。組合外の者にそんなことをしてもらって」

「良い。私はシロのことが好きだ。あれは奇跡の犬だから」

その時に、尿まで採取したということだ。実験に使うためとはいえ、そんな奇行めいた行いを侍従たちもよく許す。

「そうか。シロのやつ、殿下《でんか》にだけは懐《なつ》いているのか」

「チタンにも懐いているではないか」

「いや、触っても反応ひとつせん」

「それで懐いているのだと思う。シロは嫌いな人間には、触れさせもしない。以前、ものすごい声で吠えるのを一度だけ聞いたことがある」

言われてみれば、チタンやヨミカのすることにシロは抵抗しない。

「だが他の部員に対しても、だいたい似たような態度だったが」

「冒険組合の部員は、全員懐かれているのだと思う」

「……部員たちの方はそう思っておらんぞ、多分」

愛想《あいそ》が悪いから、忘れ去られた。伝書網の日記も更新停止した。

薄暗い林の中の粗末な犬小屋に、今や訪れる者もほとんどない。

「シロなりの基準で、好き嫌いがあるのだろうな」ヤンゴーンは茶のおかわりを注ぎながら言った。「私はチタンが卒業したあと、誰がシロの面倒をみるのか心配だ」

「それよ。俺の部屋では禁止されていて飼えぬ。ヤンゴーンのうちでは駄目か？」

後ろで侍従のひとりが、振る舞われた黒茶を噴《ふ》きだした。

「……いや、それはさすがに無理だ」

ヤンゴーンのうちとは、王宮のことである。

王宮は国家経済で管理されている。

万民平等の理念のもと、実権が限定された王室には、かつてのような放蕩《ほうとう》生活は許されない。透明な王室では、愛玩動物を飼うのも一苦労ということなのだろう。

「せめて俺の就活がうまく行けば、愛玩動物を飼うことができる高い物件にも引っ越せるのだがなー」

「チタンは就活しているのだったな。順調なのか？」

ヤンゴーンは残念そうに問いかけた。

「いや、まるで駄目だ。最悪、就活浪人ということもあろうな」

「新卒という立場を守るため、意図的に留年するというのか……」

「この場合、シロの面倒は引き続き俺がみることができるが」

「それは喜ばしい」

チタンは無言でヤンゴーンの脇腹を小突いた。

それを見た別の侍従が茶を噴《ふ》いた。

本人は身をよじるようにして、無邪気に笑うだけだった。

「チタンには就活は不要と私は思っているのだがな」

「なぜだ？　就職できねば、税金が払えぬ。おぬしら王族を養えぬではないか」

また別の侍従が茶を気管に詰まらせてむせた。

一分ごとに悪化する侍従たちの剣呑《けんのん》な雰囲気《ふんいき》をものともせず、ふたりは会話を続ける。慣れているのだ。

「それはな」ヤンゴーンは顔を紅潮《こうちょう》させて立ち上がる。「チタンには冒険の才能があるからだ！」

「……金にもならず、生活の安定にも寄与せん才能がな」

「些細《ささい》な問題だ！　二年前のあの冒険のこと、今でも克明に覚えている。私の同期に、こんな偉大な冒険者がいたのかと驚いたものだ。あの冒険で、チタンはロエルやルターと親しくなったのだろう？」

「ああ、ともに新歓冒険に駆り出された縁だが」

親しくなった背景にはまた別の理由がありそうだが、黙っておくことにした。

それは、三人の立ち回りのまずさを示す話でもある。たまたま学校を休んだら委員長にされてしまう手合いだ。

「ヨミカ殿もいたのだったな」

「あやつは逃亡した」チタンは吐き捨てるように言った。「唯一、自ら立候補してきたからなんと殊勝な女だと最初は思ったが、最初から棄権を見越していたに違いない」

「それほど感じが悪いようには思えないが」

「本当の自分を隠すのがうまいのだ」

言ってしまった、とチタンは己《おのれ》を恥じた。

しかもさほど関係のないヤンゴーンを相手に。

ずっと疑っていたことでも、言葉にしないうちなら、まだ未確定のまま留め置けたのだ。

今更《いまさら》の未練であろう。

改めて、感じる。

人気取りのためにそこまでするか？

今までのヨミカの、不可解な行動の諸原理はそこにあるとチタンは確信していた。

誰かと交際して、小さな幸せを得たいわけではないのだ。

ちやほやされたいのだ。

その状態を維持、拡大することに腐心しているのだ。

あの爛漫《らんまん》な笑顔の持ち主が、そんな動機で動くだろうかと、最初は信じられなかった。そのうち、同じような人間で地上は満ちていることに、チタンは気付いてしまった。

どいつもこいつも、自らを大きく見せようとしすぎだ。

俺は等身大の人間が、好きだ。そう思う。

「……しかし、奇跡の冒険を生き延びた仲間なのだから、皆仲良くして欲しいがなあ」

チタンの内心の葛藤《かっとう》も知らず、ヤンゴーンはしみじみと言うのだった。

†

四月。チタン、四年生進級。

学年が変わろうが、就活戦線は終わってはくれない。切羽詰《せっぱつ》まり、視野狭きままに進級したチタンにとって、新年度など何ら関心を持てるものではなかった。

気がつけば、校内には見知らぬ顔が増えていた。

新一年生が入ってくる季節ということを忘れていた。

「組合に新たにふたり、加わることになったんだが……」

全員参加の会合をするというので参加してみると、普段は冷静なイディアがやけに落ち着きのない様子でそう切り出した。

それだけか？

集まった全員の気持ちが一致する。

今年度は、すでに五人の男子一年生が入っている。

その時などは紹介すらなかった。自己紹介は各自の裁量に任せられ、適当に人が多い時点でおのおの「先輩がたはじめまして」とやっていた。

「今時の人間は、皆エルフのように細っこいのお」

新入りたちを一目したルターはそう評したものである。

確かに、今時の若者、という五人だった。

チタンたちは組合の中心からは外れた変わり者集団と認識されており、新入りも素早くその気配を感知したのか、三人は一度も彼らとまともな会話をしたことはなかった。

反対に、ヨミカ来倉《くるくら》は新一年生を迅速《じんそく》に手なずけに出た。

大成功。

五人は、今はヨミカの周囲を囲んでいる。ひとりがヨミカに腕を叩《たた》かれ、鼻の下を伸ばしていた。

「そんなことないよー、醜女《しこめ》だよー。強く生きてるよー」

ヨミカは上機嫌のようだ。

「そのふたりなんだが、俺の友人というわけでもなく、知人の、音楽関係者からの紹介で、いろいろ世話を頼まれてしまって……」

イディアはひどく緊張していた。珍しいことである。

どう振る舞って良いかわからない。そんな風にも映ずる。

どうした代表殿、早く新入りとやらを連れてきたらどうなんだ。焦《じ》れた部員たちが野次《やじ》を飛ばした。

「……俺も驚いたくらいだ。皆も度肝《どぎも》を抜かれるぞ」

皆を見渡して、皮肉げに笑ってみせてから、いよいよイディアは廊下に待たせていた新入りを招き入れた。

やけに演出ぶっていると辟易《へきえき》していたが、件《くだん》の二名が部室に姿を現した時、全ての疑問は氷解した。

「デスピャーとベンリダだ。本日より、我《われ》らの仲間となる」

男たちの呼吸が同時に止まった。はじっこで我関せずを決め込んで携帯をいじっていたロエルの口元から、砕けたレンバス（エルフ万年堂から発売されている有名な焼き菓子、今年五〇〇周年）の一部が膝《ひざ》に落ちた。

室内に、天上花の芳香《ほうこう》めいた清冽《せいれつ》な気が満ちた。

それらを運んで来た女たちが、一同に向き直る。

爪先《つまさき》ほどの緊張も感じさせない、為《し》慣《な》れた立ち姿である。

一同の熱病めいた視線を一身に浴び、動じる様子もない。

ふんだんに目を集めてから、ふたりのうち派手な格好をした方が、ぞろりと面々を見渡して口を開いた。

「デスピャーです。本日よりお世話になります。どうぞよろしく」

男たちは落雷を受けたかのように背筋を伸ばした。

「ベンリダ。よろしく」

ぶっきらぼうに言うわりには、礼儀正しく異国風の仕方で頭を下げた。腰のあたりから体がきれいに折れた。

ルターの口元からも、焼き菓子が落ちた。

エルフだ。

誰かが呟《つぶや》いた。

いや、それどころではない。エルフどころの騒ぎではなかった。

ロエルが酔いしれた者の挙動で立ち上がった。

「これは夢か幻《まぼろし》か……チアリーとクインではないか……？」

次の瞬間、部室に嵐が巻き起こった。ほとんど全ての男が立ち上がった。

イディアが声をおさえるよう言う。誰も聞き入れない。いつも一声で部員たちの注目を集める彼にしては、間が抜けた状況である。

男たちは我先《われさき》にエルフの周囲に参じた。こうした馬鹿騒ぎを嫌うはずのロエルが、まっさきに飛び込んでいた。

「おぬしら、あまり騒ぐな！　謹聴！　謹聴！　謹聴！」

イディアがなりふり構わず叫んでいた。

エルフたちは目配せし、何事かを無言で決めたようだ。

デスピャーと名乗った方が、片腕をすっと天に掲げた。

時が止められたかのように、男たちは停止した。

エルフが周期的な動作で腕を振りはじめる。

最初は皆、戸惑っていたが、最前列にいたロエルはいち早く、手に何か棒状のものを握っているかのようにして動きを真似《まね》しはじめた。男たちもはっとして、同様のやり方でロエルに追随する。

あのロエルが、率先して皆を率いている姿など、はじめて目にした。

やがてルターがああ、と理解したような声を発した。

「……生演奏の作法だの。光る棒握ってやるやつ」

「ああ、あれか」

人気女子楽団の生演奏会などで、しばしば見られる光景だった。

男たちの動きが一糸乱れずのものとなったあたりで、エルフはゆっくりと腕を落とした。

部室は湖面のように静まりかえる。

「落ち着きましたか？　私たちはお忍びで入学をしました。あまり他の方に迷惑をかけないよう、仲良くやっていきたいと思ってます。どうか改めて、よろしくお願いします」

男たちは忠誠を誓う騎士のように、膝《ひざ》をついた。

「わしらもやるの、あれ？」

「いや、奴らの方がおかしいんだ……俺たちがまともだ」

立っているのは自分を除けば、困惑したままのイディアと、数も少なく部室にも入り浸《びた》らない、名ばかりの女性会員が数名だけだった。

ぞっとするような支配力。いや、ここまで行けば魅了《みりょう》の魔法か。

静寂《せいじゃく》の中で、扉の開閉する音がやけに際立った。誰かが廊下に出て行った。

チタンが顔を向けると、先ほどまでヨミカがいたところが無人と化していた。

逃げたか。

その理由が、チタンにはおぼろながら理解できる気がした。

取り巻きたちまで消えていることを見てそれはそれでたいした忠誠心だなと思いきや、五人はエルヴィン緊急生演奏の最前列で魂《たましい》をとろけさせていただけであった。

それはそれで、たいした転身の早さではある。

†

あれから一週間経った。

ヨミカは会合はおろか、部室自体に姿を見せなくなった。

チタンはひとつだけ感心した。

逃げ時を見誤らぬことについて、ヨミカほど嗅覚のきく女はいまい。

かわって、エルヴィンのチアリーとクインが、かつてヨミカのいた位置に君臨することとなった。

「大学にも事情を話して、偽名で通ってます。ですので普段は、チアリーではなく偽名のデスピャーで呼んでくれると嬉《うれ》しいです」

御身様《おみさま》の仰《おお》せのままに。

大衆は阿《おもね》った。

「同じく、クインではなく偽名のベンリダと」

御身様の仰せのままに。

大衆はへつらった。

「でもあんた、もしばれたときのためにとエルヴィンの側仕《そばづか》えなんて役作りまでしておいて、いきなり露見したねクイン……ではなくベンリダ」

クインもエルヴィンの一員だ。

「たぶんあなたのせい。全然変装になってなかったから」

クインについては、本気で身分を隠すつもりはあったらしい。普段よりも化粧を変えたりして、地味な格好を心がけた努力が見られた。

しかしチアリーの方が、変装の体《てい》を成していない。

ロエルでなくとも、看破は容易だったろう。

「おお我《わ》が君。そこまで身分発覚を警戒しておいでなら、なぜ本名を名乗ってくださったので？」

熱烈な崇拝者であることを隠しもしなくなり、もはや別人格と化したロエルが問う。

チアリーは下々《しもじも》の民に向かって答えた。

「それはひとえに皆さんと信頼関係を築きたいと願ったからです。もっとも芸能人という立場上、そう大っぴらにはできないので、せめて組合くらいではと思いまして」

伝え聞くところによると、長命種猶予《ゆうよ》制度で入学だけは済ませて休学にしていたらしい。それも二〇年前に。

短期間の休学予定が予想以上に人気が出て、その後二〇年間、偶像街道を驀進《ばくしん》することになってしまい、復学の機会が得られなかったのだとか。

男たちが素晴らしい素晴らしいと感嘆の声を漏《も》らした。

「それでは姫《ひめ》とお呼びしてはどうか?」

誰かが提案した。

つい先日まで同じように呼ばれていた者がいたことは、すでに忘却の彼方《かなた》だった。

「姫はやめてください」

チアリーは笑い飛ばした。

「お気に召さぬか」

「姫って、この大陸だけで本物が何百人もいますよね。我々《われわれ》が目指すところは、そういうことではないので」

男たちが気高い気高いと感嘆の声を漏らした。

もはや何でも良かったのである。個人崇拝とはそういうことだ。

「さあ、そんなことよりせっかくの組合活動ですよ。楽しみましょう。私たちふたり、学び遊ぶために大学に来ています！」

その言葉は事実ではあったようで、エルヴィンの両名、講義には熱心に出た。

不思議《ふしぎ》とふたりの存在は、大学全体では発覚することはなかった。

芸能界の化粧技術というのはたいしたものだ、大輪の華《はな》を土にも石にも見せるのだな……と感心することしきりでいたが、実は種があった。

「実は週に一度、公認魔法士に幻惑魔法をかけてもらっているんです。学校中で大騒ぎになっても大変ですので。あ、一度見抜いた人とか正体を明かした相手には効きませんから、どうぞご安心を」

それでも基礎となる変装は大事らしく、ふたりはよく部室で化粧をしていた。

そんな時、室内には朝霧のように清らかな香りが立ちこめた。ヨミカの時も似たようなことはあったが、彼女の使う化粧はもっとどきつく甘ったるい匂いがしたので、何が違うのかチタンには不思議でならなかった。値段だろうか。

しばらくして、チアリーとクインはチタンのもとに挨拶《あいさつ》に来た。

「自己紹介をしていなかったので、改めて挨拶に参りました」

「ああ、四年のチタンだ。よろしく頼む」

「チアリーです。こっちはクイン。改めてよろしくお願いします。それで、ご存じかと思いますが、偽名でお願いできるでしょうか?」

礼儀正しく、ひとつひとつの挙措《きょそ》が美しかった。

自信やら積極性やら落ち着きやらに満ちあふれていた。

だが決して、人格を作っているとは感じない。

自分たちの並外れた容色を自覚しながらも、過ぎた執着がないのである。それは彼女たちにとって所与のもので、自己の延長線上に自然のままにあるものだった。

だから両名は、たとえばイディアのように、過剰な言葉で自らを飾る必要がないのだろう。

あるいはヨミカのような、過剰な人心掌握《しょうあく》工作も。

チタンは、入れあげなかった。

美しすぎて、現実味がなかった。

弱い自分を隠すように、必死に己《おのれ》を飾る者が苦手だった。だから反対に、飾ることに腐心しない人間を好きなのだと思い込んでいた。

だが少なくともエルヴィンのふたりについては、いざ目の前にしても心を弾くものが感じられない。

対岸のこととしておくのが良いだろう。

見知らぬ神像にはみだりに祈るものではない、と諺《ことわざ》にも言うではないか。

浮わついた大学生活が何事もなくしばらく続いた。

ところがある時、ちょっとした騒動が巻き起こった。

チタンはロエルに呼び出され、シロのもとに向かった。

講堂の向こうから、獣《けもの》の叫びが聞こえてきていた。人を不安にさせる獣の咆吼《ほうこう》だった。厩《きゅう》舎《しゃ》から聞こえるが、馬のものでは決してなかった。

「先行っててくれ……もう走れん……」

先導していたロエルが息を切らした。足は速いが、室内系ゆえ体力はない。

案内されずとも場所はわかる。チタンは速力をあげて、犬小屋に駆けた。

大学構内にある厩舎脇は、普段の人通りがほとんどない。

建物と木々に囲まれ、常に薄暗く人気《ひとけ》のない場所に、今日ばかりは大勢がいた。

「チタン、えらいこっちゃ」

ルターがチタンを出迎えた。

状況はすぐにわかった。

シロが暴れていたのだ。

繋《つな》ぐ鎖《くさり》を噛《か》み砕こうとし、それが叶《かな》わぬとわかれば木々に体を打ち付ける。そして、遠巻きに囲む人間に向かい、とても中型犬とは思えぬほどの凶悪な威嚇《いかく》の声をたてる。

冒険組合の面々だけではなく、騎馬部や馬上槍の部員もいた。

「馬が怯《おび》えちまって、どうにもならんぞ」

そんな声さえ通らない。シロが人垣の一部に向かい、正気を失ったかのように吠え続けていたからだ。

そこには、エルヴィンのふたりも困ったような顔をして立っていた。

「シロ、どうかしたか？」

イディアに声をかけると、ほっとした顔をこちらに向けた。

「チタン、犬が突然暴れはじめた」

「原因は？」

居合わせた大勢の目線が、エルヴィンのふたりに向けられた。

「頭を撫《な》でてただけなんですけど」

察知したチアリーが、機先を制して鋭く答えた。

チタンはチアリーの目をじっと見た。誰かをかばっている気がして、目線を少し背後に向けた。クインがうつむいていた。

「それより一旦なだめてもらえるか、チタン」

「ああ、そうだな」

シロは鎖を無理に嚙み切ろうとして、口元から出血していた。

他にも、傷を負っていそうだった。

「落ち着け、大丈夫だ」

円陣から一歩前に抜け、ゆっくりと手を伸ばす。

暴れてはいたが、噛《か》みつく様子はない。ただエルフふたりに対して、極端に敵対的な態度を取り続けている。

こういう時はどうするのだったか。犬病予防に連れて行った時、獣医に教わったことを思い出す。

シロをあおむけにさせ、そっと押さえ込んだ。

犬は暴れたが、チタンは力で押さえ込んだ。

そのうちぐったりとし、荒い呼吸だけをするようになった。静まるまで、一〇分以上はかかっていた。吠え声が止まると、ようやく一同は救われたように息をついた。

こんなことははじめてだった。

犬を抱き上げ、野次馬《やじうま》を遠ざからせる。チアリーとクインが遠くに退《しりぞ》くと、シロはようやく落ち着いたようだった。

「本当に頭を撫《な》でただけか?」

「どういうことでしょう?」

犬を小屋に戻したあと、再度、問う。

問い詰めたつもりはなかったが、チアリーは表情を消し、チタンの顔を真正面から見返してきた。恐れは微塵《みじん》もないようだ。

居合わせた人間の証言によると、事の起こりは、エルヴィンが組合の犬を見たいと希望したことだそうだ。皆で仲良く案内し、寝ていたシロの頭にクインが触れた瞬間、突然、身を跳ね起こして暴れ始めたのだという。

本当にそれだけだと言うのだ。

説明を受けても、理由がまったく見えてこない。

「よっぽど私たちが嫌いなんでしょうね」

チアリーの言葉は、部員一同の保護欲を強烈に刺激した。

こうして騒動はひとまずは終結を迎え……るわけがなかった。

「あの犬がたまに吠えるのは知っていた。ごくたまになら見逃《みのが》せるが、あまり長時間吠えられると馬が不安になる。別の場所に移すように」

大学事務局からの要請が来てしまった。

校内でシロを飼える場所を探したが、噂《うわさ》が伝わっていたようで、競技館でも文化館でも断られた。個人的に飼ってくれる者も見つかりそうになかった。

誰にも懐《なつ》かず、時には誰にもわからない理由で暴れるかも知れない犬を、飼おうという酔狂者がいるはずもない。

当然の結果として、今、シロは動物禁止のチタンの部屋にかくまわれている。

大男がただ歩いているだけで苦情が来る安物件に。

一度でも吠えたなら、すぐ大家に告げ口される。確実に。

シロの吠え声は、大型の肉食獣並みだった。

「頼むぞシロ、もう吠えてくれるなよ」

部屋のもっとも落ち着けると思われる場所に、犬小屋ごと置いてやった。環境が変わったせいか、シロは餌《えさ》も水もとらず寝たきりになり、三日目になってようやくそれらを求めた。

その時、チタンは気付いた。

シロが後ろ脚を、ほんの少し引きずっていることに。

「おぬしどうした、これ？」

触ってみる。痛がる様子もないが、ひどく冷たく、血流を感じない。

ルターに伝話《でんわ》をかけて質問した。

「あのエルフ、もしやシロを蹴飛《けと》ばしたのではなかろうな？」

『うむ。あの場では言えなかったが、それに近いことはあった』

居合わせたというルターはこう証言した。

犬が吠え始めた時、クインをかばってチアリーが前に出たのだと言う。

その時、蹴るような素振《そぶ》りをしていたことは間違いないようだ。

女傑《じょけつ》の気質があるのだな、とルターはいくぶん厚意的に言葉を添えた。だがつま先がシロに命中したかどうかは、見えなかった、と。

結局、暴行が行われたかどうかは判然としないままであった。

黒でも白でもない事情を、チタンは持てあます。

いずれにせよ、シロの体調は悪化した。

翌日からまた動かなくなり、便通もなくなった。わずかな水を飲んだが、餌は口にしない。以前から食の細い犬だったし、ろくに動きもしなかったが、さらに悪化したのかも知れないとチタンは不安になる。

「個人崇拝で忙しいところを済まんが、知恵を貸してくれ、賢者ロエル」

ロエルにも伝話で助力を願ったが、

『すまん。今の俺には、なすべきことがあるのだ……』

「それは一体？」

『エルヴィンと一分一秒でも長く、同じ部屋の空気を吸うことだ』

時計でその合計時間を計っているのだとも聞いて、チタンはロエルに心の不採用通知を出した。

「貴殿の今後ますますの発展を祈念する」

『……何の話だ？』

同じ質問をルターにもしたが、実験が忙しすぎてしばらく暇《ひま》がないと言われていた。

どうやらひとりで、対処すべき時のようだ。

「どうしたものかな、シロよ」

犬はかすかに頭をもたげ、隣室にすら聞こえないほどの消え入るような声で、うぉん、と鳴いた。

†

「シロがここにいるって聞いたんですけど！」

あまりにも意外な来客を迎え、チタンは目を丸くした。

「どうなの！」

「あ、ああ、いるがな……」

しばらく音信不通だったヨミカ来倉《くるくら》は止める間もなく、勝手に部屋に上がり込んだ。

「毛並みボサボサじゃない！」

入るなり、そんな叫び声をあげた。

「毛並みなど知るか。それより餌《えさ》を口にせん方が問題だ」

「餌もやれてないの？　虐待《ぎゃくたい》！　最低！」

「いや、だからシロが食わんのだが……」

「どうしてそんな人がシロを預かってるの。誰か他の人いなかったの？」

「誰もやる気がないから、俺に押しつけられたのだ」

それを聞いて、ヨミカは声を落とした。

「……そうだった。あんたに人望なんてなかったものね」

ヨミカは台所から勝手に皿を取り、持参してきた小袋の中身を砕いて盛り、与えた。シロはすんと鼻を鳴らすと、身を起こしてこれを食べ始めた。

「食べるじゃないか。それは？」

「ほねのこ。犬用おやつ。食事じゃないからやりすぎはよくないけど……シロの好物なの」

「やけにシロを気にかけるんだな、とってつけたように」

いやいやいや、とヨミカは手を振った。

「ずっと世話してきたのあたしだし」

「いや俺だが？　俺以外に誰も世話してなかったが？」

「あたしもやってたから」

「嘘《うそ》を吐《つ》くな。おぬしが餌をやった場面など、前の一度しか見てないぞ」

「あんたと鉢合わせしたくなかったから、いない時にやってたの！」

はじめて聞くようなことを言った。

「どうして」

「あんたの態度が気にくわなかったから！」

言われてみれば、腑《ふ》に落ちる理由だった。

「だが日に二度の餌《えさ》やりを俺がやっていた以上、他にすべきことなどなかったはずだ」

「ありました。毛繕《けづくろ》いや目やに取り、おやつ、散歩等。あんたの仕事には、手ぬるいところがわんさかありました」

「なんだと……貴様……」

毛繕い、おやつ。確かにチタンは気にしたことがない。

散歩に行きたくないとなれば連れ出さなかったし、食べたくないとなれば無理に食べさせることもしなかった。

ヨミカの言うとおりだったが、素直に納得はしたくなかった。

「おかしかろう」チタンは言葉の皮膜を破り捨てて話した。「上辺《うわべ》ばかり取り繕うおまえが、犬の世話をしていることを誇示せずにいるとは！」

ヨミカは蔑視《べっし》にみちみちた半眼で、チタンを見た。

「混乱してるでしょ。それ誇示したら、あんたと鉢合わせするも同然じゃない」

まさしくその通り。

チタンはてのひらで目を覆《おお》った。確かに、混乱しているようだった。

「そんな話、もういいよ。それよりシロ、どうしてこんなことになったの？」

「知らなんだか……この話、誰から耳にした？」

「久しぶりにシロの様子見に行ったら、小屋が撤去されてたから……慌《あわ》てて部室行って、家臣の子に聞いて……」

「家臣というのは、おまえの取り巻き連中のことか。ならば元家臣と言うべきだ。すでに全員が主君の鞍替《くらが》えをしているのだからな」

ヨミカは冷ややかな目でチタンを射貫《いぬ》く。

「そんなこと言われなくともわかってる。あたしみたいな人間の小娘が、エルフの、それも芸能人様に敵《かな》うわけないいじゃない」

「まさしくだな。だが詩学部学生としてひとつ言わせてもらうと、小娘という言葉には二二歳の成人は該当せん。十代半《なか》ばを指すのだ」

「は？　二二歳なんて……！」

ヨミカははっとして口をつぐんだ。

「二二なんて何だ」

「……そんなことより、話してよ。どうしてこうなったのか」

チタンはため息をつくと、事の経緯を語って聞かせた。

みるみるうちに亡国の姫《ひめ》の顔は険しくなる。

「許せない。あの淫売《いんばい》エルフ」

「そうと決まったわけではないからな。蹴《け》ったような素振《そぶ》りをしただけかも知れん。ルターの証言は万全のものではない」

「だって実際にシロは体調を崩してる。脚だって動かなくなってるもの」

いつの間にかヨミカは、勝手に椅子《いす》に座り、勝手に氷室から樽酒《たるざけ》を取り、ぐいぐい空《あ》けていた。

「間違いなく黒でしょ。あの淫売《いんばい》エルフの目には、太古から受け継がれたしたたかな邪悪《じゃあく》が宿っているのよ。あたしは見たわ。恐るべき女たちよ。黒エルフよりひどいわ」

「呼吸をするように人種差別する貴様の方が邪悪だわ」

「はぁん？　歴史的事実でしょ？」

「そんな程度で、人の友人を侮辱《ぶじょく》するな」

「ふん」ヨミカは鼻で笑った。「変人三人衆は結束もかたくて結構なことねー」

「本当の意味で友達のいない貴様よりは数段ましだな」

「な、なんてこと言うのあんた……！」

机を拳《こぶし》で叩《たた》いた。

「訴えてやる！」

「……まさか酔ってるのか？」

支離滅裂《しりめつれつ》な言い分にもほどがある。

「普段はこんなすぐ酔わないんだけど、空《す》きっ腹だったことと、シロが見つかったことでほっとして……つまみ出しなさいよ」

気が遠くなりそうな無礼さだった。

「ふう、淫売エルフのことは横に置いて。今はシロをどうにかしてやらないと」

「どうとは？」

「まずは獣医に診せるとして……ねえ、ここ動物可物件？」

チタンは頭を振った。

「じゃあ引っ越しもしてもらわないと」

「ぬかせ。そもそも金がない」

「動物可の物件、すぐ探しといて」

「だから金がない」

「……まったく使えないったら」

チタンはめまいを覚えた。

今まで薄皮一枚で隠していたヨミカの本性が、本人によってぶちまけられていた。

「俺には最初からわかっていたからな」

「はあ、何をぉ？」

「おぬしの性格が卑《いや》しいものであり、いつもの態度は演技だということをだ」

ヨミカはかっと目をむいた。激《げき》しやすい性格なのだろう。

だがすぐに感情を引っ込め、

「……今更《いまさら》どうだっていいわそんなこと」

「ついでに自己中心的か？　自分で飼うという発想もなさそうだしな」

ヨミカは小樽《こだる》を卓《たく》に叩《たた》きつけた。

「うちも動物不可なの。お金もないし引っ越しは無理」

「事情は似たり寄ったりのようだな」

いっそ実家に連れていくか、と呟《つぶや》いた。

「いいじゃない、それ。実家どこ？」

「デバーバント山の山奥だ」

「聞いたことない」

「辺境だ。都会の者が行ってうかつに蚊《か》に刺されると伝染病にかかるほどのな。入国に際しては衛生検問所で予防解毒《げどく》を受けねばならん。未登録動物の持ち込みはそういえば禁止されていた」

「だめじゃない」

ふたりは押し黙った。

苦手な相手と同室し、解決困難な問題に直面している。しかも両者とも私生活に大きな課題を抱《かか》えている最中である。だというのに不思《ふし》議《ぎ》と息苦しさは少ない。チタンはその理由について思い巡らしてみたが、言葉がまとまることはなかった。

「とにかく、獣医だ。シロの様子が変だというなら、連れて行くしかない」

「いいよ。あたしも一緒に行く。明日の午後一ね」

それでいいと応じると、ヨミカは何も言わずに立ち上がり、さっさと出て行った。

うぉん。

シロが小さく鳴いた。顔を振り向けると、目が合った。

「心配するな。俺に任せろ。ひとつずつ片付けていくさ。邪魔《じやま》する奴がいたら、この拳《こぶし》でぶん殴《なぐ》ってやる」

柄にもないことだとわかっていた。こんなことは飼い犬にしか言えない。

翌朝、郵便箱には女連れ込むな死せいという匿名《とくめい》の紙片が投じられており、チタンは嫌《いや》な思いをした。

†

「わからん」

獣医がすげなく言い放った。

「これ犬種なに？」

とまで訊いてきた。

チタンとヨミカのふたりは同時に、専門家といえども決して神ではないのだな、という一致した真理を見いだしているところだった。

「地底で拾った犬でして、犬種はわかりませぬ」

「地底？　なぜそんな場所に？」

「冒険で」

ああ、と獣医はうなずき、煩《わずら》わしげな顔をした。

「年齢もわからないのでは、診断のしようもない。おそらく老衰ではないか？　しばらく様子見して、何か異変あったらまた連れてきて」

交換。

うつむいたヨミカが、チタンだけに聞こえる声で囁《ささや》いた。

「寝たきりに近く、餌《えさ》も食べず、水も飲まない。散歩にも行きたがらないと。後ろ脚が硬直している？　ふむ、そうさな……獣医学書にはそのような症例は載っておらんようだ」

獣医が獣医学書を繙《ひもと》く。それは良い。勤勉で結構なことだ。

だが飼い主の目の前で、それをすることもあるまいに。

交換。

ヨミカが呟《つぶや》いた。

「透視魔法で見てみたんだが、よくわからなかった。この臓器って、心臓だと思うかね？」

水晶画面に表示された透過図像を指さして、獣医は言った。

「交換」

もはやヨミカはうつむきもせず小声でもなかった。

「おそらく精神性の皮膚《ひふ》炎、ではなかろうか」

四件目にして、はじめてまともな獣医に出会えた気がした。

「だがそれが体調不良の原因かどうかはわからん。魔鏡で透視をしてみたが、どうも臓器の位置が通常と違うようなのだ。何度試しても、像がぼやけてしまう」

「器材の故障では？」とチタン。

「犬の問題だろう。血液検査してみたが、かなり魔法抵抗値が高いようなのだ」

血中魔法抵抗値の高い者には魔法が効きにくい。同じことがシロに起きているのだと老医師は説明した。

「こうなると原因の調べようがない。魔法抵抗値を下げる薬草はあるが、感染症にかかりやすくなるから、あまり使わない方がよかろう。ひとまず後ろ脚が炎症を起こしているのは確かかなので、これは軟膏《なんこう》を処方するから」

チタンとヨミカは、シロを入れた籠《かご》を抱《かか》え、悄然《しょうぜん》と道を歩いていた。

陰鬱《いんうつ》な色の空からは、糠《ぬか》のような雨が降り続けている。

道行く人々は、傘《かさ》をさすかさすまいか悩み、恨めしげな目を薄雲に向けていた。

「犬でも精神を病むということがあるんだな」

「当たり前じゃない。犬だって心くらいあるでしょ」

「この軟膏が効くと良いが」

「それは一時しのぎだと先生も言ってたでしょ。根本解決じゃないから」

「どのみち今は様子見しかあるまいよ」

精神的緊張が原因というが、原因がまるでわからない。

「犬小屋が嫌《いや》なのだろうか?」

「そんな素振《そぶ》りを見せたことは一度もなかった」

「だったら、地底の方が居心地《いごこち》が良いとかか?」

「どうやって生きるの、あんな場所で。餌《えさ》もろくに取れないでしょうに。だいたい首輪のこと、忘れちゃってる?」

シロは首輪をした状態で保護されたのだった。元飼い犬。

「ひとまずは動物を飼える環境、作らないと……」

ヨミカは独りごちた。

シロのことは本気で心配しているようで、獣医に支払った治療費についても、ヨミカが半分は出している。彼女らしからぬ誠意ある態度だ。

「どうしてシロにだけ、ここまで良くする？」

「あんたはシロが心配じゃないの？」

「心配だが、それは俺がまっとうな人間だからだ。おぬしは違う。犬をいくら可愛《かわい》がっても、ちやほやしてはくれんぞ」

一瞬、ヨミカの背中が、憤怒《ふんど》の炎をまとって巨大化したかに思えた。

「……シロはシロなりにあたしに懐《なつ》いてる……と思う」

ヤンゴーンと同じようなことを言った。

一部の苦手な人間相手にだけ、吠え立てると言うことで、かまっても無反応なのは気を許されている証《あか》しだと。

それと同様の感じ方をしているのか。

ヨミカにとって、シロとは打算のいらない友人なのかも知れない。

男友達ばかりが多い女だった。

宮廷大の冒険組合は男性主体の団体だが、他学生の女子を招くことも頻繁《ひんぱん》にあるにもかかわらず、ヨミカはそうしたところにはあまり出向かない気がする。

そして新入りのエルフふたりに対しては、挨拶《あいさつ》を済ませる前に遁走《とんそう》している。

美人の同性が苦手。そういうことか。

だとするなら難儀なことである。チタンはヨミカが哀《あわ》れに思えてきた。

「……やはり大学の皆に助力を頼むべきだと思うのだが」

「絶対にいや」

振り向きもせずに吐き捨てる。

理由は述べない。問いかけても、答えまい。

それからは言葉もなくなった。

ヨミカはばらつく前髪を期せずして束ねる水気を、鬱陶《うっとう》しげに指先で弾《はじ》いた。

†

「貴様、でかいな。学生と言ったな？」

「は。宮廷大に通うておりまする」

現場監督は四十がらみの小男で、背は低いが肉体労働で鍛《きた》えた逞《たくま》しい体の持ち主だった。耐熱魔法の付与された兜《かぶと》をかぶり、上半身は安全祈願の護符を下げただけの、赤黒い肌をさらしていた。古代の蛮族《ばんぞく》を思わせる、いかにも労働者という人物である。

「いい体で、学生で、でかい」監督は満足げにうなずく。「世の良きものが全て集まっておるよなあ」

「はあ」

「よし、まずはこの土袋をあちらに運んでもらおう」

ひとつ二五ログラはありそうな、大きな土袋である。これをチタンは、ふたつ同時に担《かつ》いだ。

監督は声をあげた。

「ほお、慣れとるようだな」

「高等生時代は、小遣いはこれで稼いでおりましたゆえ」

「やはり筋肉で、学生で、でかいのは、良い」

独自の価値観に基づいて監督はしみじみ言った。

さらにふたつを、反対の肩に担ぐ。

今度は監督も目を丸くする。

チタンの腰を叩《たた》きながら真剣な目で、

「本採用決定」

「いや、自分、商会勤めが望みで……」

「もったいなきことよ。我《わ》が肉皿《にくざら》工務店で、四つ持てる者はそうはおらん」

むしろいるのか、と驚く。

今まで経験したどの現場でも、自分以上に担ぐ者を見たことはなかった。肉体労働に興味はなくとも、人から認められるのは嬉《うれ》しい。たとえ、今までさんざん悪目立ちしてきた体のことであってもだ。

高等生時代のチタンは夏と冬の休みには肉体労働に従事し、一年分の小遣いを稼ぎ出していたものだ。

「もうふたつくらいなら行けますぜ」

自然と蛮族《ばんぞく》口調になり、誇《ほこ》らしげに言った。

「六つ行けるか。ならもう貴様はうちの二番手よ！」

「もっと持てる人がいるんですかい、監督」

「おうよ、うちの一番男。それこそは……あの御仁《ごじん》よ！」

チタンは顔を振り向けた。

建築途中の建物の向こう、土袋の第二置き場から照りつける陽光を背に悠然と歩んでくる大物風を吹かせた男を目にし、チタンは瞠若《どうじゃく》するのだった。

「ケントマではないか！」

思わず担いだ土袋を地面に叩きつけそうになった。

「おおチタン。奇遇だな」

「なんだ、あんたら知り合いかい」

監督が一定の敬意をこめてケントマに話しかけた。

「うむ。我《われ》らは大学の先輩後輩であり、ともに冒険の荒波に漕《こ》ぎ出すことを運命づけられている仲なのだ」

「そんならちょうどいい。こいつのことはケントマ殿に任せよう」

監督はチタンをケントマに引き渡してしまった。

「我々はよくよく強い定めで結ばれていると見えるな、チタン」

「呪われた再会だケントマよ。冥府《めいふ》の絆《きずな》というほかない」

「冒険者とは好きこのんで冥府に行くものなのだから、ちょうど良かろう」

さあ仕事だ、とケントマは言い、鞄《かばん》を擲《なげう》って労働の準備をした。

準備といっても、やることはひとつ。上着を脱ぐだけのようだ。

ケントマも作業中は遠き祖先の野蛮さを発揮させるらしく、肉体もまたそうした主《あるじ》の意向に見合った強度を備えていた。

明らかに一般人とは次元の異なる、現役冒険者の肉体。

兜《かぶと》を装着しながら、ケントマは言う。

「おぬしは脱がんのか」

「俺は、丁服《ていふく》で結構」

公用語における『丁』の字に似た簡素な衣類は、かつては肌着とされていたものが、今では基本的服飾として普及し気軽な外出であるなら皆これ一枚で出歩く。様々な模様のものが安価で購入でき、並み外れた巨漢でも比較的寸法を合わせやすいため、重宝していた。

大男はお洒落《しやれ》するのも一苦労なのだ。

「よし、さっそくこいつを上に運ぶとするか」

ケントマは軽々と八つの土袋を担《かつ》ぎ上げた。

「持てる数だけ持てばいいぞ」

そうは言われたが、先ほどのやりとりが気になり、チタンも同様に八つを担いでみた。左右の肩に四つずつともなると、さすがにきついなと感じる。単純に膂力《りよりよく》的な限度ということならあとふたつは行ける。が、いかんせん四つの時点でさえ袋の天辺《てつぺん》に腕が回らない。不安定な状態で運ぶのははなはだ危険だった。

が、ケントマはそれをたやすくこなしていた。

「さすがに余裕があるな。体幹も安定している。俺の見込んだ通りよ。が、慣れるまでは三つずつで良いのではないか？」

こんなことで張り合っても仕方ない。チタンは合計六つの袋を肩に乗せ、太い腕でそれらを締め上げながら、ケントマに続いた。

それにしてもケントマは四三歳だったか。たいした体力である。

「ケントマ、あなたはここに正式採用された作業員なのか？」

「いや、日雇《やと》いだ」

一切の劣等感なしにそう言い切る。

それなりの大学を卒業しておきながら、四〇歳を越えて、定職に就《つ》かず、その日暮らし。戦慄《せんりつ》を催《もよお》す人生だ。詰んでいる。

「小遣い稼ぎか、チタンよ」

「いや、就活の軍資金稼ぎと……まあ引っ越し代や、薬代も入り用で」

「薬？　具合でも悪いのか？」

「薬代ならシロのためのものだ」

「あの犬か、覚えている。病気になったか？」

「魔法抵抗値が高いらしく、透視写真が撮れなかった。どんな病気かもわからないのだ」

「それは難儀だな。獣医なら腕の良いのを紹介してやれるが？」

「心遣いはありがたいが、今は落ち着いている」

ケントマに借りは作りたくないというのが本音だった。

「懐《なつ》かしいな」

ケントマは楽しげに言った。

「懐かしいとは？」

「駆け出しの頃、魔法抵抗値を上げる効果があると聞いてな、仲間とともにチノス山近くの温泉水を必死で飲んだものだ」

　抵抗値が高い方が冒険には向く、というのが当時主流の考えでな、とケントマは付け加えた。

「結局それはでまかせでな。生まれつきの体質は、そうは変わらんのだ」

　ふたりは建築途中の塔に寄り添って組まれた、階段状の足場をのぼっていく。四階に到着すると、ケントマは足場から建物に移り、土袋をその一角に積んでみせた。

　最上階かと思われたが、さらに上まで建てる計画のようだ。そのための資材であろう。

　ケントマはさっさと一階に戻る。チタンも同様に荷をおろし、続く。

　再び土袋を担《かつ》ぎ、四階まで運ぶ。

　きつい労働である。一度だけ運ぶなら苦もないが、何往復かするうち、滅多なことで疲労を訴えない太股が震《ふる》えてきた。

「おぬしは荷の支えが甘く、時折ふらついていた。あれで体力を持って行かれたのだ。重量物を長時間運ぶには、一体化せねばならん。担いだものが肉体の一部であるかのように、密着させて運ぶのだ。その技術がうまければうまいほど、疲れなくなる」

　理屈は簡単でも、実践するとなると容易ではない。

　チタンはケントマの動作を参考に、荷運びを続けた。ふたつ少なく担いでいるにもかかわらず引き離されていき、動作は鈍くなった。

　しまいには周回遅れである。

「悪いが追い抜くぞ」

自分の横を颯爽《さつそう》と通り過ぎていくケントマの体は、汗ばんではいたものの、疲労の色は見受けられなかった。

「疲れたか、チタン」

休憩時間まで一時間半ほどの作業に過ぎなかったが、チタンは会話もままならないほど困憊《こんぱい》してしまった。体力面で誰かに後れを取ったのは、はじめてである。

「いや、たいしたもんだ。午前であれだけの土袋を運びきっちまうなんてな」

監督はふたりの労働を称えた。

「今日はチタンが頑張ってくれたからな。楽なものだったさ」

息ひとつ乱していないケントマが、笑った。

運んだ荷物量の差は、倍近い。半人前もいいところだ。

思い出せばケントマは、三年前の冒険の時も、誰よりも長時間動き続けた。

あの敗退の結果母校から切り離された今でも、こうして意欲を持って体力維持に努めている。並々ならぬ精神力があってはじめてできることだ。

悔しく、はなはだ不本意なことではあるが、ケントマの冒険者としての力量には、少年のようにときめいてしまった。

……ただやはり、四十代無職はないと思った。

†

「はいはい、おかえり」

就活という心労に苛《さいな》まれ、帰宅したチタンを出迎えたのは、ヨミカだった。

「麦酒飲む？　冷えてるよ。それとも湯浴《ゆあ》みする？　沸いてるよ」

そんなヨミカの言葉に尾てい骨をむずむずさせながら、

「酒くれ」

それだけを告げ、どっかと椅子《いす》に座る。

渡された樽酒《たるざけ》の栓を引き抜き、ぐいと呷《あお》る。

空《す》きっ腹の底を冷酒が焼き、チタンは低く呻《うめ》いた。

「はい、つまみ」

「……ああ、悪いな」

小鉢には黒い焼き菓子のようなものが盛られていた。

節足動物を揚げて節から切り離したような形をしていたので、少したじろぐ。

「なんだこいつは？」

「魚の背骨を黒油で揚げたやつ。麦酒に合う」

「……ふむ、うまい」

菓子のような食感だが甘辛い。

酒が進んだ。

「こっちは夕食にさせてもらうから。あんたの分は台所ね」

ヨミカは自分の分の食事を宅に並べ、ぱくぱくと食べはじめた。

「……悪いな」

複雑な気分のまま、麦酒をずるりとすすった。

チタン不在の間、シロが不安になって吠えぬよう、ヨミカが留守番してくれるようになって、一週間ほど経つ。

無論、付き合っているわけではない。

チタン帰宅後、彼女も夜には引き上げているのだが、間違って誰かに目撃されたら誤解されること確実の状況に、チタンは未《いま》だ慣れない。

「あと郵便が来てたわ」

卓《たく》上を二通の封書が滑ってきた。

「ああ」

呻《うめ》き声が漏《も》れた。すでにチタンの心は、今後ますますのご活躍を祈られることに耐えられる状態ではない。

「とても開けられん……」

「じゃあかわりに開けたげる」

チタンが止める間もなく、ヨミカは狼藉者《ろうぜきもの》が婦女の衣服を引き裂《さ》くように乱暴に封書を開けた。

「……よくわからないけど、二通ともなんかあんたのこと祝福してた」

「ぐっふ」

チタンは獣《けもの》の声をあげて卓に突っ伏した。座っていなければ、膝《ひざ》を折っていた。

「この書状は、落ちたという意味？」

「記念すべき一〇〇通目の祈り状だ」

「どんだけいらない子なの、あんた」

チタンは強い衝撃を受け、顔面蒼白《そうはく》となった。

その様を興味深く見たヨミカは、少し考え、さらに言葉を重ねた。

「学校でも職場でも必要とされないんだね」

チタンは椅子《いす》から転げ落ちた。

ヨミカは石畳に這《は》いつくばるチタンを傲然《ごうぜん》と見下ろした。自分より強い者を見下すのが好きなのだ。

「……とにかく一通については、確実に面接で失態をした結果だろうがな」

「どうゆうこと？」

心を切り裂《さ》く言葉を記憶から抹消することに成功したチタンは、面接で働いたという暴挙について語って聞かせた。

『当会の方針として、会員は堅苦しくない普段着で働いている。面接に来られる方々も、どうかこのことご理解の上、くれぐれも私服にて来られたし』

そう書いてあったから、私服で行った。

かわりに私服の着合わせには気合いを入れた。これでも、お洒落《しやれ》には気を払った時期もあるのだ。

有名銘柄の護符をいくつか身につけ（全て魔法付与のない服飾目的の模造品）、偽重《にせがさ》ね作りになっている帷子《かたびら》を着用、そのうえから皮鎧風の胴着を羽織《はお》る。右手首には丸盾《たて》を模した腕輪をつけ、矢筒風の斜めがけ鞄《かばん》を背負った。

自信はあった。着合わせはこうでなくば。そのくらいの気構えではいた。

ロエル曰《いわ》く、チタンはたまに赴《おもむ》く機会のある他校婦女との合同懇親会には必ずこの格好をしてくるという。合懇《ごうこん》専用服というわけだ。

その格好で面接に行くと、周囲の学生は皆、就活用甲冑《かつちゆう》だった。

面接官もチタンの格好を見て、困ったような顔をしていた。

「確かに私服と書いてあったがね。本当に来ちゃったか」

チタンは拳《こぶし》で床を叩《たた》いた。

「どういう意図であの文章を書いたのだ！　見事にしてやられたわ！」

ヨミカはけらけらと笑った。

苦しい、おなか痛い、とひたすら身をよじり続けた。

「就活って本当に大変よね。同情する。かわいそう。ご飯おいしい」

ようやく落ち着いたかと思えば、そう言ってもりもりと食事を進める。

「人の失敗談を調味料に食う飯《めし》はうまかろうな」

「ええ、とっても」

チタンは憤然《ふんぜん》と椅子《いす》に座り直した。

「まあ今の話は笑えるだけましでしょ。就活の話を聞いてていつも思うけど、間違った方向に全力を出しすぎてるみたいで、痛々しくて笑えないのばかりだもの」

「それは、常々俺もそう思っていた……」

まさかヨミカとこんな気持ちを共有することになるとは、ほんの一か月前までは思いもよらなかった。

「それはそれとして、さっきの話は笑ったけど。あ、またなんかおかしさぶり返してきた」

再びヨミカは笑った。

隣室の住人が、壁を強く叩《たた》く音が伝わってきた。

「わっ、今の何？　抗議された？」

「……今のが苦情の差出人のようだな。隣だったとはひねりのない」

「そんな大声出してないのに」

「よほど気に障《さわ》るのであろうな」

今まで何号室の住人かはわからなかったが、うるさいのがいた。

そのうるさいのが、シロが時折漏《も》らす鳴き声を聞きつけないでいてくれるというのは、あまりにも楽観的すぎる考えだ。

だがそのうるさいのは、大学生が友人と騒いだり女を連れ込んだりすることに対し特に苛立《いらだ》ちを覚えるようだった。ヨミカが出入りしはじめて以降、苦情は女絡みに限定されていた。

そして今のところ、犬を飼っていることは露見していないようだ。

「立腹」ヨミカは気分を害した。「無視して騒いでやる」

受像器を眺《なが》めながら夕飯をぱくつき、ことさら陽気に笑うヨミカの顔を、チタンは対面から恨めしげに見つめた。

心なしか、最近は化粧が薄くなっている気がする。

「なによ？」

「いや、もう長いこと組合に顔出していないだろうと思ってな」

「はあ。問題でも？」

さも些末《さまつ》なことと言わんばかりに、ヨミカは首を傾《かし》げる。

「今まで尋《たず》ねたことはなかったが、そなたはよその学生なのだよな？」

「そうだけど、宮廷大みたいないいとこじゃないよ。腐乱《ふらん》大学だし」

腐乱大学というのはどこかの進学塾が発祥と言われる罵倒《ばとう》語で、偏差値の低い大学を指す言葉として使われている。

「それは、どこだ？」

「言いたくないんだって」

話を打ち切るように、放送中の映劇に顔を戻した。

「馬鹿にするつもりで聞いているわけではないのだが」

「あ、そうだ、これ、渡しておく」

会話をあからさまに断ち切るように、ヨミカは懐《ふところ》から出した小袋を放った。

片手で受け止める。中身は金貨だ。偉人の横顔が浮き彫りにされた一万円金貨が、一〇枚も入っていた。

「引っ越し費用のたしにしてよ」

チタンに質問される前に、自ら説明した。

「おい待て、こんな金は受け取れん」

「別にあんたのためじゃない。シロのため。ひいてはあたしのためでもあるの」

「だとしても金のやりとりだけはしたくない」

「確かにあたしたち、赤の他人だものね。でもひとりで引っ越し代ためられるの？　就活だって忙しいんでしょ？」

「……その通りだが、金のやりとりだけはいやだ。たとえおまえ相手でも、金で人間関係を壊すのはごめん被《こうむ》る」

「古くさい。頭かたい。でかい。馬鹿なの？」

「でかさは関係ない。とにかくこんなやり方より、仲間に相談した方が建設的かも知れんと思うのだがなあ」

「大学の連中、信頼できるの？　あんたたち、そんな大事にされてなかったじゃない。シロのこともろくな扱いじゃなかったし」

言い返すべきをチタンは見いだせなかった。

「わかった。今は預かっておく。だが他にいい手が見つかったら、突き返すぞ」

「はいはい、そんときゃどうぞご自由になさいませ」

皮肉な調子で言い、ヨミカは帰り支度《じたく》をはじめた。

「赤の他人はもう帰るね。食器は洗っといて。半日分の労賃として、そのくらい要求する権利はあると思うから」

……何を怒っているのだ、あやつは。

チタンはひとり、納得いかぬ顔で呟《つぶや》いた。

†

七月も半《なか》ばを過ぎようとしていた。

就職活動もそろそろ終わりが見えてきた時期である。

決まる者は概《おおむ》ね就職先を決めていたし、決まらぬ者はそろそろ覚悟の方を決めておくべき頃だった。

大学就職部の職員たちは、待合室で陰気をまとったふたりの就活戦士の存在を、ひしひしと感じながら気まずく業務に取り組んでいた。

戦士たちは、チタンとキルアのふたりである。

もはやイディアにすら見捨てられた、正真正銘、勤労兄弟団の最後のふたりであった。

もうひとり戦友はいたはずだ。彼はどうなったのか。死んだか。

いや、違う。

一か月前のことだ。

「……すまぬ、俺はもはや兵士採用でも構わぬと思っているのだ。悪いが、俺の就活戦線はここまでだ……さらば。貴殿らの健闘を祈っている」

ドワーフのレゼンは、総合職における兵士採用（出世街道に乗りにくい）を拒み、少しでも上をと願って戦い続けてきた、戦士の中の戦士、だった。

レゼンは堕落《だらく》した。

応募先の基準を下げ、さらには魂《たましい》も売り渡した。

剛術（体当たり中心の格闘技術）部の部活帰りに、あえて胴着や器具を詰めた巨大鞄《かばん》を持参して面接に行き、相手に「その大きな荷物は何だね？」と質問させることで、体育会系ならではの無骨性とでもいうべき精髄をこれ見よがしに売り込むという荒技を炸裂させたのだ。その本心には、体育会系であることを打算的に見せつけようというさもしい計算高さが見え隠れする。

こういった行為を誰よりも嫌っていたレゼンがそれを実行したことは、チタンらに強い衝撃を与えた。

先の言い訳を口にするレゼンの顔を、チタンは忘れることはできそうにない。

それは今まで見たことがないほど卑屈《ひくつ》で、弱々しいものだった。

こうしてレゼンは団を裏切り、今までの自分すら裏切り、イディアの薦《すす》め通りに出世の望みのない兵士採用を受諾したという。

チタンとキルアだけが、こうして取り残された。よりにもよって去り際に祈っていくことはなかろうに、というのは本件に対するふたりの共通する見解である。

一般的に、採用ならば伝話《でんわ》、不採用は書簡にて届く。

ふたりの就活戦士はいずれも、採用の場合は本日午前一〇時までに連絡をもらう話になっていた。だから、ともにいる。ひとりでは、孤独に耐えられそうにないから。

約束の刻限まではもう間もない。

就活戦士のひとり、チタン骨砕《ほねくだき》の携帯が鳴った。

今ひとりの学生……キルアが、不安と嫉妬《しっと》の混在する血走った目を向けた。

「チタンである！　何？　……ああ……そうか、うん……わかった……大丈夫……」

意気込んで受けたチタンの顔が、たちどころに弛緩《しかん》していった。

通話を切った仲間に、キルアがこわごわと問う。

「どこからだ」

「母親だ。芋《いも》と茸《きのこ》を送ったと」

「……そうか」

一瞬で場の空気はぬるまる。

時は午前九時五九分を回っていた。

キルアの携帯が鳴った。

「こちらキルア！　何？　……ああ……いや別に……うむ……平気だ、風邪《かぜ》は気をつけてるから……」

戦う運命に置かれた者特有の張り詰めた表情が、見るも哀《あわ》れなほどにたるんでいく。キルアは伝話《でんわ》を切った。

「どこからだキルアよ」

「母親だ。塩とソイソ酢を送ったらしい」

「……そうか」

その時、時計は無慈悲《むじひ》にも一〇時ちょうどを示した。

キルアは長椅子《ながいす》から立ち上がり、言い放った。

「もううんざりだ。俺は今日を限りに就活戦線から退《しりぞ》く」

長き旅を続けてきた最後の仲間の宣言に、チタンは慌《あわ》てる。

「なぜだ？　まだ募集は残っている。流転《るてん》市場など四次募集あたりからこれで最後だなどと謳《うた》いながら、八次募集までかけるというぞ。諦《あきら》めるな！　ここまでともに頑張ってきたではないか！」

「確かに俺たちは頑張ってきた。だが商会の者どもはこちらの努力など微塵《みじん》も顧《かえり》みようとせんではないか。そして今や、我《われ》らは志望先の基準を大幅に引き下げ、誰も見向きもせんような黒商会ばかりを受けている。そして今そこにすら、落ちたのだ！」

黒商会とは、労働環境が劣悪で待遇も悪いとされる組織のことである。

就職先としては人気がないため、採用基準は低いはずなのだが、それでもふたりは落ちたのだ。

「落ち着けキルア。そなたはこれまで自らを高めようと、数々の資格を取得してきたではないか。あっぱれな向上心だぞ。あれにはまこと感心したものだ」

「資格など、就職にこれほども寄与せなんだわ！」

「判断はまだ早かろう。俺を見ろ。俺は就職体験にも参加し損《そこ》ね、留学経験とてない。俺よりは貴様の方がはるかに有利なのだぞ？」

チタンはキルアの肩を優しく摑《つか》んだ。

キルアはうつむき、苦痛をこらえるように震《ふる》えた。

「……チタン、面接まで行き、まだ結果の出ていない所は、残っているか？」

「ああ、ふたつほどあるが」

「俺はない。今日のが最後だった。今からまた志望登録し、筆記試験を受け、面接まで漕《こ》ぎ着けねばならん。そのような活力、もはやこの体のどこにも残ってはおらんさ」

その時、就職部の正面玄関の先、陽光照りつける中庭を、学生の一団が横切った。

男女混合、波乗り板や潜水用具を抱《かか》えている。

おおかた、駅前で調達してきたものを、部室あたりに置いておくつもりだろう。そうすれば夏休み、大学までは手ぶらで集まることができる。

「ふん、遊び人どもが」

「就活とは無縁の連中は、気楽だな」

チタンとキルアは口々にやっかみの言葉を吐いた。

「だが兄弟、就職が決まれば、あの中に混ざれるぞ」

その言葉には、さすがのキルアもぐらついた。

「……そうよな。ここで踏ん張れば、あんな風に遊びにも行けよう」

「思いとどまってくれるか」

「ああ、すまなかったな、チタンよ」

ふたりはがっしと手を握り合う。戦う男たちの、厚き友情！

キルアが何かに気付いた。

「ん、あれはグルディスではないのか？」

「まさか」

言われてみれば、団体の頭目らしき男は、確かにグルディスである。

どこか陰気漂《ただよ》う男が、別人のように光り輝《かがや》いていた。なんたる内定光か。内定一つが、蚊《か》とんぼを獅子《しし》にも変える。

「あやつ、髪を黒く染めておるわ！」

「グルディスめ、洒落《しゃれ》者気取りか！　全然似合っておらんぞ！」

ふたりは玄関扉の硝子《がらす》にへばりつく。

眼前を、一団が通り過ぎていく。

他の面々も、顔見知りであった。

クルート、フクリコ、レゼン、ヤリア、クナヴィ……。皆、輝いていた。笑顔だった。世界そのものに愛《め》でられながら育《はぐく》まれた若者がいたとして、もしそうした者たちを一幅の絵画に収めたとしたなら、こんな具合になるはずだった。

「……やはり俺は、あちらに行く」

キルアが呟《つぶや》き、突然、衣類を脱ぎ捨てた。下には、下着ではなく今年流行確実とされる霜降《しもふ》り模様の水着を着用していた。

「なぜ水着を⁉　すでに正気を手放していたか！」

「今日採用通知をもらえたなら、この格好で大学じゅうを走り回ってやるつもりだったのだ。そして夏に海に行く予定の連中を見つけ、それが誰であろうが混ぜてもらおうと考えていたのだ。だがもういい。俺は来年、もう一度四年生をやる」

「こ、今年は？」

「今年は……遊ぶ」

振り返りもせずにキルアは表に走り出た。グルディスの名を呼びながら両の腕を振って、太陽の下を駆けていった。

「違う……違うぞキルアよ！　ともに海に行こうが、貴様は奴らと同じにはなれん……あとで惨《みじ》めになるだけだと、なぜわからん……！」

チタンの言葉は、すでに小さな背中となってしまった盟友には届かなかった。

こうして就活支援互恵組織『勤労兄弟団』はその活動を終えた。

チタンひとりで続けることもできたろうが、さほどの並々ならぬ精神力は、オーガと呼ばれるほどの男ですら持ち合わせてはいなかった。

†

帰宅すると、留守番をしていたヨミカから、一通の封書を受け取った。

手にした時、魔法めいた直感で理解した。

祈られているな。

チタンは大木のように玄関で固まって、動けなくなってしまった。

「おいでかいの、どうした？」

からかい半分に言ってきた。

「わ、なんで？　どうして？」

ヨミカが突然、狼狽《ろうばい》を見せた。チタンにはその理由がわからない。

「……これ」

こわごわと差し出されたそれは、四つ折りにされた手巾《てきん》である。

使えということか。しかし、何に？

目頭が震《ふる》えているなと感じて、ふと手で触れてみた。

それで、自分が泣いていることに気付いた。毛筆で描いたような涙が、こんこんと湧出《わきだ》している。泣いている自覚のない涙ははじめてで、物珍しかった。だが次の瞬間、熊がするような嗚咽《おえつ》が喉《のど》から逆流し、チタンの感情は強く揺さぶられた。

「大丈夫、大丈夫だって！　平気平気、落ちたって死なない死なない、どってことない……あ、そうだ、なんだったらあたしが雇《やと》ってやるからさ！　うわあ、どうしよこれ……」

小さく跳躍しながら、必死になって声をかけてくれる、世にも珍しいヨミカの姿さえ、今のチタンの眼にはぼやけてしまった。


「そろそろ落ち着いた？」

ひとりで泣きたいと希望したチタンは、便所に半時間こもった後、外から声をかけられた。

「まことにごめん、おしっこしたいんだけど……」

現実というのは現実以外のなにものでもないなと思いながら、チタンは便所を出た。

「ごめん、済んだ。また泣く？」

「いや。もう落ち着いた」

ヨミカは居心地《いごこち》悪そうに、チタンの対面に座る。

卓《たく》上には、すでに開封された封書が出たままになっていた。

「あの、あれよね？　つまりその、落ち……ううん、落とした木の実が、大地に引っ張られる現象みたいな結果だった、の？」

「そういう気の使い方が流行《はや》っているのか？」

ヨミカは書簡をおそるおそる手に取り、読んでみた。祈りだった。

「……残念だったね。またしばらく忙しいね。賃仕事、休んだら？　かわりにあたしが働いてあげる。引っ越し代、もうじきでしょ？　チタンは少し根詰めすぎなんだと思う」

「いや、もう難しかろうな」

八月ともなれば、世間的に就活はほぼ終わりの時節だ。

ほとんどの商会が、すでに学生の新規登録を打ち切っている。残っているところといえば、新興商会や未知の業種ばかりで、面接対策のしようもない。

何より一度へし折れた心は、繋《つな》がるのに骨よりも時を要するものなのだ。

「なんとかして、まだ募集しているところを見つけ……」

就活の続きをせねば、と続けようとして、不意に言葉を失う。戦闘続行の宣言を、どうしても口にできそうにない。心が、それを止めていた。

「……休んじゃえば？」

「休めば就職できなくなる」

「来年、またやり直すってのがあるんでしょ？」

「就活留年か。だが、金がかかる。実家からはそこまで出してもらえないから、自力で稼がないと」

「学費かー。さすがに、そこまで貸せるとは言えないな……」

「留年……か」

悪くはないかも知れない。

ルターやロエルもまだいるようだし、就活もやり直せる。一年社会に出るのが遅れることくらい、どうということはないはずだ。

そう。

今年の経験を活かせば、来年はもっとましな就活もできるはずだ。


また一年、あれを？


心を黒い水が浸した気がした。

なぜだ、なぜ苦しい？

たかが就職のことくらいで、なぜ？

「初等生の頃、作文で将来の夢を書けと言われたのだ」

突然、訥々《とつとつ》と話し始めたチタンに、ヨミカが不思議《ふしぎ》そうな目を向けた。

「でも俺には夢なんてなかった。未来に絶望していたわけじゃないぞ。ただ遊ぶことが好きなだけの子供で、仕事について悩んだことがなかったんだ。作文には適当に書いた。ろくに覚えちゃいないが、星海渡航者《せいかいとこうしゃ》とか、そんな夢みたいな職業を書いたはずだ」

おっかなびっくりに、ごく小さくヨミカは笑った。

「中等生の時は、部活に悩んだ。俺の身長は、その時すでに大人よりも大きかったから、周囲の期待は大きかった。請われて翔球部に入部したんだが、俺には球を地面に落とさず操る感性が欠けていた。体力はあったが、機敏には動けず、脚は速かったが、身軽ではなかった。うすのろだった。一年経たずに周囲から失望されたことがわかって、つらくて、退部した」

ヨミカは卓《たく》に肘《ひじ》をつき、両手であごを支えるようにして聞き入っている。

「急に生きにくくなった気がした。それまで、感じたことがないような息苦しさが出てきて……それで俺は、陸上部に逃げて」

「逃げたの？」

「ああ、走るとか投げるだけの競技なら、欠点を無視できる。楽だったよ。そっちの方では二年生からの入部だったが、大会にも出られた。だがどこか気持ちは萎縮《いしゅく》したままだった。逃げなのだという自覚はあったのだな」

「長所を活かした、とは思えなかったんだ」

「思えなかった。自分でそうと納得できなきゃ、どんな行動も結果も逃げなんだ。そんな時、元いた翔球部の奴と、揉《も》めてな。そいつは意に添わない相手にすぐ手を出すような乱暴者だったが、部の主力でな。いろいろと悪さをしていたみたいだが、見逃《みのが》されていた。そいつから些《さ》細《い》なことで因縁《いんねん》をふっかけられた。かなり、しつこくな。それで」

チタンは一度言葉を切り、長い沈黙を挟んで淡々と続けた。

「……殴《なぐ》ったら、顔の骨を折ってしまった」

ヨミカが目を見張る。

「俺は退学の瀬戸際に追い込まれた。誰もがそいつの味方をしたからな」

「え？　どうして？　悪いのそいつじゃないの？」

「潜在的に恨んでいる者は多かったろうが、俺の目には、世の中の大半はそいつの味方に見えた。俺は体が大きいから、手を出したこと自体が卑劣《ひれつ》とされた。そいつも身長は一八〇を超えていたから、大男ではあったのだがな」

「顔も見たことないそいつにえらい腹が立つんだけど……」

「よく言われる。俺の体格があれば、好き放題できたろうとな。だが、どうすればそいつを実現できるのか、俺にはさっぱりわからんのだ。人を殴っても、許されて愛されて周囲が味方についてくれる人間と、そうでない人間がいる。少しでも問題を起こせば大騒ぎされるような人間が。俺は紛《まぎ》れもなく後者だ」

ヨミカの黒真珠のような瞳《ひとみ》に、同情とも憂《うれ》いともつかぬ色が揺れた。

「どんなことにも才能は求められるのだ。努力できる才能、愛される才能、言いたいことを口にしても嫌われぬ才能、全ての分野でな。結局、俺は停学ということになった。親同士はだいぶ揉《も》めたようで、俺には教えてはくれなんだが、かなり金を払って解決したらしい。だからうちには、金が残り少ない」

「それで、大手に就職したかった？」

チタンはうなずいた。

「……あんたがいっつも肩を縮めて生きてる理由はわかった」

「自分をどう使うべきかわからんこの木偶《でく》の坊《ぼう》は、良い商会に就職すれば救われるのではないかと考えた。その気付きさえ遅かった。三年生のはじめから動くような鋭敏さが、俺には備わっていなかった。誤算はまだある。就活で落ちるということは、貴様はいらんと言われることに等しい。それが百度も続けば、世界から見捨てられた気持ちになる。やっと理解できた。俺もおまえと同じだ」

「あたしと同じ？」

「そうだ。俺たちは、足場が欲しいだけなんだ。全ての根はそこにある。そうして精神領域における揺るぎなき安息を欲している。おまえは、違うのか？」

チタンは相手を熟視した。ヨミカは熱気から逃《のが》れるように、顔を横に向けた。

だが最低限の誠意だけは返さねばという思いからか、口だけは開いて、けんめいに言葉を探した。

「……そう見えたなら、そうなんでしょうね。あたしは馬鹿なんで、あんたみたいに複雑には考えたことないけど」

「おまえはもしかすると、エルフのような光り輝《かがや》く偶像に憧《あこが》れるかも知れん。だが俺は、期待か失望かで計られる過酷な英雄などではなく、いいところに勤めてる程度の人、で良い。それだけで俺は安心できたろうに」

チタンは顔を抱《かか》えた。

こんな風に述懐《じゅっかい》しなければならぬほど、追い詰められていたのだ。自分でも気付かないうちに、限界を迎えていた。

よりにもよって、反目対象《はんもくたいしょう》のヨミカの前でだ。

全ての価値観がぐらぐらと揺れていた。今の心情さながらに。

その時だった。

大人《おとな》しく小屋で眠っていたシロが、突然、跳ね起きた。

うぉん。

チタンですら、鼓膜《こまく》が破けるかと思うほどの声に、腰を浮かせた。

慌《あわ》てて口を押さえにかかる。なぜかシロは露台側《ろだいがわ》の窓に向かって、強烈な警戒心を向けているようだ。なおも必死に吠え立てようとする。

「落ち着けシロ！　急にどうした！」

シロが敵意を向ける先、露台に出る窓がひとりでにするすると開いていく。ヨミカがいつの間にか手にしていた包丁を逆手に構えていた。

侵入者は窓幕をくぐり、世にも暑苦しい笑顔をあらわにした。

「話は聞かせてもらった！　そんな時は冒険だ！」

不法侵入など難なくこなす熟練冒険者、ケントマの姿がそこにあった。

チタンの腕の中でシロが、なおいっそうに暴れた。

†

公路鉄道山蔵《さんぞう》線に揺られること三時間。

うっすらとかかる雲以外に視界を遮《さえぎ》るもののない広々とした土地の向こうに、〈露天山脈《ろてんさんみゃく》〉の青白い山々が浮かび上がっていた。

「あれがかの人食い山と呼ばれるモスチノスだな。ここから見えるのは南東側ゆえ、穏やかなものだが。五年前、俺は仲間と向こう側の南西壁を初登攀《とうはん》したんだぞ」

隣の席に座っていたケントマが、車窓の風景を解説した。自慢混じりで。

「初登攀は永遠に記録に残るのだ。すごかろう？」

「記録は良いが、お宝は見つかったのか？」

「……いや、ただの登山ゆえな。むしろ赤字となった」

「無意味ではないか」

「記録には意義がある。こういうものが巡り巡って、金を生むこともある。昔のように、遺跡でお宝見つけて大もうけとは行かんさ。そうたやすくはな」

ケントマは寂しげに言った。

〈モスチノス〉はチノス山とも呼ばれ、〈新大陸〉中央を横切る〈露天山脈《ろてんさんみゃく》〉の最高峰である。

標高八六〇〇メーテル。

〈新大陸〉では〈霧吹山《きりふきやま》〉に次ぐ第二位の高峰とされる。

そこに、南東から軌車《きしゃ》に乗って近づいている。

驚くべきことに、標高五〇〇〇メーテルまでは交通機関で来られるのだ。

ケントマらが乗っている軌車は、ちょうど標高五〇〇〇メーテル付近を走っている。

車窓からすぐ下方には、起伏のない土地が広がっており、だというのに小屋のひとつすら建てられていない。

そんな風景の中に時折、駅《うまや》が現れ、通り過ぎていく。周囲が完全に無人地帯でありながらも駅のみが点在するというのはかなり異様な光景だった。

「このあたりはだいたいどの駅も無人でな。通常、この山蔵線《さんぞう》は無人駅は全て通り過ぎ、山脈の向こうまで突き抜けていく。今回は調査行ということで、特別に停車するがな」

三〇分後、軌車はぎこちなく速度をゆるめ、ひときわ巨大な無人駅に止まる。

駅舎の長さだけでも一キルメーテルはあった。

普段はひとりとて降りないはずの駅に、今日は二〇人からが降車した。

「んー。それでは皆、駅の仮眠室に荷物を運んでおいて。吾輩はケントマ殿と外を見回って来るけど、すぐ暗くなるだろうから諸君は出歩かぬように。明朝より野営地作りね。よく休んでおいて。けどすぐ寝ないで、少し時間は置いてね。昨日の場所より一〇〇メーテル高度上がってるから。五〇〇〇メーテルでも死ぬ時は死ぬよー」

一行の代表者である、ストロボ教授という老人は、明洋《めいよう》大学で先史学を教えているという。

ケントマとは旧知の仲で、よくともに旅に出かけるのだと聞いていた。

今回は、彼の助手をチタンが務めるのだ。

「チタン、頭痛や腹痛はないか？」

「ああ、問題ない」

「おぬしは高さにも強いようだ。百年前に生まれついていたなら、英雄になれたろうに。しかし本当に素人《しろうと》なのか？　よもや以前に、冒険の心得があるとは言うまいな？」

思うことはいろいろとあったが、チタンは口にはせずにおいた。たとえば、生まれ故郷が標高四七〇〇メーテル地点にあるということなどを。

言えば、評価が上がる。それは困る。

いざとなれば、仮病で下山をするという腹づもりなのだ。

「んー。では行ってくるよ」

ケントマとストロボ教授が軽装備で出発したあと、チタンはその他の人員とともに荷運びに従事した。大量の調査器材と食料装備類を運搬してきたが、山慣れした体力自慢の男一八人がかりのそれも水平移動となれば、遊戯に等しい労務だった。

本日の仕事は一瞬で終わった。

「俺ときたら、またもいいように乗せられ、利用されておるわ」

チタンは土とわずかな雪しか存在しない、物寂しげな高地を眺《なが》めながら、自らの愚《おろ》かさを自《じ》嘲《ちょう》した。

そして思い立ち、携帯で辺りの風景を撮影した。

草食オーガ　☆　1分前
賃仕事でチノス山に。五〇〇〇メーテルまで軌車《きしゃ》で来ることができるとは知らなんだ。駅《うまや》の周囲は完全無人地帯。雑貨店や定食屋の一軒とてなし。果たして生還かなうのか、俺！

ちょっと無理矢理、張力を上げている自分が滑稽《こっけい》だ。伝書網では人格を作り込むくらいでなければ目立てぬが、最近、そもそも目立ってどうするという問いが胸中に生じている。

こんなことを考えるから、いつも流れに乗り切れぬのだと思った。

「なぜこんな場所に来た？」

あっさり説得されてしまった理由は、いくつかある。

まず報酬《ほうしゅう》が良いこと。就活や、引っ越し費用などが当面賄《まかな》える額が提示された。

次に、シロの一時預かり先をケントマが紹介してくれたこと。

動物宿舎のようなものも最近ではあるが、高額で利用はためらわれる。

何より、これらによって経済・時間的な余裕ができ、考える時間が得られることが大きい。

仕事というのが冒険であることには大いに不服であるが、よくよく話を聞けば、大学の学術調査の手伝いである。

ならば良いか。と思ってしまった。

低高度から体を高さに慣らす、高度順応を行いながら、一〇日かけてここまでやってきた。

途中、順応がうまく行かず、脱落していった人間が何人もいた。

高山病である。

一般的に軽く思われがちの病気だが、歴《れっき》とした死の病だ。

頭痛をはじめ、消化力低下による下痢や腹痛などからはじまり、その高度にとどまるかぎり回復せず、病状が進めば睡眠障害や思考の混濁《こんだく》、呼吸障害、脳障害、肺水腫を引き起こす。

一定以上の高度では、人間の体力は回復しなくなる。

眠ろうが、食べようが、消耗していく。

高所での連泊が危険といわれるのは、こういった理由による。

高度耐性は個人差が大きい。

今残っているのは、高度に強い人間ばかりだが、チタンは中でももっとも順応が早かった。四〇〇〇メーテル地点でさえ一日で馴染《なじ》んだ。ケントマとほぼ同様の速度だ。同じ高さに慣れるのに、一五日要する者もいることを考えると、驚異的な数字と言える。

「んー。ケントマ殿が凄すぎて、つい明日行く予定の野営地点まで見てきちゃった。問題なーし。明日はみんなで行くよォ」

ケントマたちが戻ってきた。

順調に調査にとりかかれそうで、ストロボ教授の機嫌は良かった。

「いったい、どういう調査なのだろう?」

一夜にして人口過密地帯となった仮眠室に寝袋を敷き、寝そべって砂糖茶を飲みながらチタンとケントマは話した。

「この山脈のどこかに、先史文明の遺跡があるというのが教授の見立てだ」

過去、付近の土地から、現文明には属さない魔法的遺物が多数出土していた。その分布状況から、山脈のいずれかに、大規模な未発見遺跡がある可能性が高いという。

先史文明は、今の人類が栄える数百万年前に、地上の各所に大都市群を築き上げた超古代文明である。その魔的な出土品の研究により、現人類にも数多くの恩恵をもたらした。

高度な魔法文明を発達させたが、滅び去った。

その真相は歴史の謎《なぞ》に包まれている。

しかし主要都市の場所は解明されているし、調査が入ったことも多々ある。よって現代の調査研究や冒険の果たす役割というのは、落穂拾いのようなものに近い。

夢と浪漫《ろまん》の未踏地は、現代にはほとんど残されていないのだ。

だがお宝探しなどという夢物語よりはずっと現実的で、そこは良かった。

たいへん有意義である。

「だが冒険感とでもいうようなものは、薄まるのではないか？」

ケントマは感心するようにうなった。

「そうした感覚が出て来たなら、おぬしもじきに俺の同類よ」

熱っぽく見つめられ、チタンは失言を悔やんだ。

「俺も金のためだけに冒険者をしているわけではない。お宝などは見つからぬなら、見つからぬで良い。それより未知の遺跡が存在し、その第一発見者となる方が肝要だ。一番最初にそいつを見つけた者。そいつに俺はなりたい」

「知的好奇心ということか？」

「それに近い。が、学者になりたいわけではないのだ。理由を探して言葉にすることもできようが、必要も感じんな。そうさな、こんな一言で説明してみるか。やりたいからやる、己《おのれ》が喜びのために」

「それでは子供が遊ぶのと同じ理屈ではないか」

「だろうな」

「馬鹿げているぞ」

チタンにはとうてい受け入れがたい価値観に感じられた。

「そうよ、馬鹿げているとも。仕方あるまい。絵描きが絵を描くことに合理性を見いださんように、俺もまた冒険をすることに道徳的整合性は求めん」ケントマは濃いめの黒茶をぐびりと飲んで言った。「要するに、性《さが》だろうさ」

†

翌朝、早朝から調査隊は行動開始。

駅舎を出発し、五五〇〇メーテル地点まで二時間かけて登った。

二〇名の調査隊員全員が、かなりの荷物を背負う。教授でさえ背負う。

全員が二〇ログラ前後の荷を受け持つが、ケントマとチタンはそれぞれ五〇を担《かつ》いだ。それでもなお余力があった。

「あやつ、たいしたものだ」「大学生だとよ」「ケントマ殿はいい弟子《でし》を見つけた」

そんな風に囁《ささや》かれれば、悪い気はしない。

だからといって必要以上に張り切らず、淡々と地面を踏みしめていく。山の恐さなら、幼い頃からよく知っている。

「宮廷大だって？　王太子殿下《でんか》が今通っておいでだよね」

頭目であるストロボは友好的に話しかけてくれた。

ケントマの助手であり、誰よりも働くチタンを、黙殺する理由はない。

「一応は、学友です」

「おやおや。そりゃ名誉なことだ」

ストロボは顔こそ老人のそれだが、体つきも足取りも若者のように潑剌《はつらつ》としている。先史学となれば実地調査も多いはずで、鍛《きた》えられているのだろう。

「院には行くの？」

「いえ、就職を考えておりますが、まだ決まらずで」

「ありゃあ就職するのかい。勤め人になったら、冒険には出られないのでは？」

チタンは曖昧《あいまい》な笑みを浮かべた。

「しかし残念だよ。いずれまた力を借りたかったのだけど」

「そういうことであれば、是非《ぜひ》とも！」

チタンの声は上擦《うわず》った。今までの人生でもっとも割りの良い仕事なのだ。

「え？　でも来年には働いているわけでしょう？」

チタンの背筋を冷たいものがおりていった。それは脊髄《せきずい》を、現実という冷水が伝い落ちる感触に思えた。


予定地に天幕を張り終わる頃には、三時を回っていた。

本日から一週間の日程で、学術調査を行うことになる。

途中で人員の交代が計画に含まれているが、チタンは目一杯稼ぎたいと考え、ケントマ同様、最終日まで滞在する予定だ。

「調査するのは、ちょうど見えてるあの岩壁の上ね」

ストロボが指さした。一〇メーテルほどの岩壁が、かなり険しく張り出していた。

明日、攀《よ》じ登れということだ。

もちろん、事前に経路工作を行う。

「一班は早朝から道作り。二班以降は待機ね。器材とかは、よろしく」

器材の選別は、ケントマと明洋《めいよう》大学の准教授が受け持つ。

専門的な器材や薬剤は准教授。

ケントマの担当は、魔法道具だ。

その作業をチタンも見学した。

「ストロボ教授の調査は、後援者がつくからいい。高い道具も買い放題だからな」

その高い道具をひとつひとつ地面に並べていく。

念入りに点検していく。

ケントマ個人のものと、隊全体で使うもの、どちらも見る。

「どんなものを持って行くのだ？」

チタンは点検表をのぞきこんだ。

・固定型の背負い袋（容量二五リタル）　・縄（強化魔法付与）　・撥水寝袋《はっすい》（市販品）
・魔法瓶（容量一リタル、保温魔法付与）　・登山用強化兜《かぶと》（布製）　・携帯用焜炉《こんろ》、固定燃料
・着火石　・光筒（光石を取り出せる構造のもの）　・小型鍋と食器
・短刀（鋭利魔法付与）　・固定用金輪　・単三魔水晶（ひとりあたり八本）
・魔法試験紙各種　・登山釘　・軟膏《なんこう》（日除《よ》け・凍傷防止）
・登山用冒険斧《おの》（ひとり二本装備）　・登山用靴爪《くつづめ》　・食料類　・行動食（氷糖・練乳・干し粘虫《ねんちゅう》・飴《あめ》）
等々。

「大半が魔法品だぞ。いい時代になったものだな」

ケントマは笑った。

「あなたの若い頃は、違ったのか?」

「俺の頃にもあるにはあったが、今ほど優れてはいなかった。魔法製品の性能向上は著《いちじる》しいのだ。ちょうど俺が二〇歳ほどの頃だな。名だたる先史文明の品々より、現代品が性能で勝《まさ》りはじめたのは」

「いいことではないか」

「そうなのだろうな、一般的には」

ケントマは少しだけ寂しげな顔をした。

「しかし意外と軽装だ」

「雪山ではないからな。それに亀裂《きれつ》を下り、横穴に入ることになる。軽くてかさばらぬ方が良いのだ。最悪、狭い亀裂の中で幾晩か過ごすことになる」

亀裂の中で寝るという意味だろうか。だとしたら、思った以上に厳しい調査になりそうである。とはいえ冒険に関することで、ケントマに手抜かりはあるまい。

「そういえば以前にも思ったが」

チタンは素朴な疑問を口にした。

「剣も盾《たて》も鎧《よろい》も持って行かないのだな」

「いや、冒険に剣など使わんぞ。大昔からそうだ」

「剣がなくては魔獣退治すらできまい」

「せんぞ」

チタンとケントマは無表情に見つめ合った。意思疎通ができているのかどうか、お互いが見失ったかのように。

「……おぬしはあれか、冒険というと、剣と魔法でどうこうと想像するのか」

「それ以外に何を想像していいのかわからん」

「物語の魔獣退治は、でまかせだ」

ケントマは言い切った。

「魔獣は生身では倒せん。軍隊さながら自動矢筒を何丁も抱《かか》えていけば別だが」

魔獣類というのは実のところ、ほぼ目撃例がない。

存在自体が架空と言う者もいる。

学術的にも、魔獣類についての研究はほぼ存在していない。

実在はしている。

決して架空の存在ではなく、ごくまれに人間社会と触れて災禍《さいか》を引き起こす。

実例がある。

一九一五年、〈弧状大陸〉の森深き〈ジョオ国〉で、一頭の大型動物が地底から這《は》い出てきた。

極地熊を二回りを大きくしたような外見をしていたという。

食性は雑食、だが肉を好んだ。

討伐《とうばつ》されるまで、魔獣が捕食した人間の数は、八〇名余にもなったという。

事件はなかなか明るみに出なかった。

魔獣が、動物の脳に混乱や幻覚を生じさせる能力を持っていたからである。

混乱状態に陥《おちい》った人間は、夜半に半覚醒状態で寝台を抜け出し、薄暗く湿った場所の水場に向かいたいという本能的欲求に駆られる。この時、人の嗅覚は動物のように鋭くなり、水の匂いを正確に嗅ぎ分けることができるようになる。

実際、この時は日中でも多くの住人が渇きを覚えると同時に、妙な水臭さを訴えていたのだという。

魔獣は町中にまでは出て行かない。

いくつかの水場を周回していけば、いずれ棒立ちのままでいる餌《えさ》にありつける。

魔獣は幻惑呪文を唱えているわけではない。

ただそこにいるだけで、周囲に発散するのだ。

恐るべきは、効果半径の広さだ。

なんと五キルメーテルもの距離の哺乳類に、影響を与えることができる。

人間の扱う魔法とは雲泥《うんでい》の差である。

魔獣は魔法を行使する仕組みを、生体として備えて生まれてきたものだ。そうそう太刀打《たちう》ちできるものではない。

事が発覚したのは、たまたま日中に幻惑され、裸足のまま森まで歩いていた者が保護されたからだ。

当人が幻惑されていることはすぐに突き止められた。

逆探知により、犯人（当初は犯罪者の仕業《しわざ》と考えられた）の位置が特定され、地元の森林保安官と狩猟組合が現地に向かった。そして壊滅的な被害を出し、生き残った数名が町に戻ったことで、ようやく恐怖の実態が明るみに出たのである。

魔獣は軍隊によって仕留められた。

その死体は解剖《かいぼう》され、今も〈ジョオ国〉の研究機関に保存されている。

近代以降、魔獣に関する正式な記述はそれのみだ。より以前のものは、あるにはあるが信《しん》憑《ぴょう》性が疑われている。

「チタン、熊を見たことはあるか」

「故郷で一度だけ。あまり大きくない個体だったが」

「俺は三メーテルの大熊を見たことがある。勝てんと思ったよ。魔法剣を持っても勝てん。さる猟師に聞いた話だが、熊の頭蓋《ずがい》は自動矢筒から射出される回転矢を弾《はじ》くそうだ。鋼板をぶち抜くものを、だぞ？　そんな怪物を即死させる手段はない。手負いにはできるかもだが、次の瞬間には頭を囓《かじ》られておろうな」

チタンはその光景を想像し、嫌《いや》な気分になった。

「魔獣は、大熊よりも強いものだ。生物はより体重がある者には勝てんよ」

チタンは幼い頃に観ていた、子供番組を思い出した。主人公である美形長髪剣士は、魔法剣で魔獣を一刀両断にしていたものだった。

現実ではなかなか、そういうわけにはいかぬらしい。

「魔獣は乱獲されて数が減ったと言われているが、違う。もともと個体数が極端に少ないのだ。そして、それで良い生き物なのさ。なぜなら奴らは、寿命が長い」

個として死に遠い存在であるためか、繁殖は滅多にしない。

寿命は極端に長い。

寿命が長く不死に近いなら、交配できる可能性が低かろうが生物学的な帳尻は合う。

「俺の知っている限り、純粋な冒険者に討伐《とうばつ》された魔獣というのは存在せん。噂《うわさ》の先史魔法文明ではどうだったかわからんが、大差あるまいよ」

魔獣は別格として、爬竜《はりゅう》類あたりまで程度を下げれば、討伐例もいくつかある……とケントマは続けた。

爬というのはかぎ爪を持つ生き物のこと。竜とは蛇《へび》や蜥蜴《とかげ》のことだ。

かぎ爪を持つ蜥蜴、から想像される範疇《はんちゅう》のものが爬竜類、すなわち竜であった。

「ふむん。魔獣より竜の方が弱いのか」

チタンは逆に考えていた。

だいたいの冒険絵巻では、竜の方が格上だったからだ。

「竜の魔獣がいないとは限らないが、原則、竜とて動物だ。河床竜も竜の一種だ」

河床竜は、熱帯の川に棲む大型の水棲獣である。

飛びもせぬし火も噴《ふ》かぬが、水辺の動物に水中から一瞬で食いつき、水中に引き込む。淡水域では最強の生物だろう。

「あれに勝てると思うなら、魔獣にも立ち向かえるかもな。チタン、おまえならやるかも知れん」

「勘弁してくれ。俺はそういうのが一番いやだ」

「皆そうだ。よって下手《へた》に戦う準備はしない方がいい。余計な重さだ」

「では、もし亀裂《きれつ》の底で魔獣に出会ったら？」

「逃げるのみよ」

屈指の熟練冒険者と言われる男は、臆面《おくめん》もなくそう言った。

†

大学二年生の頃、仲間のひとりが免許を取ったので、郊外の幽霊屋敷と呼ばれる廃屋に皆で出かけたことがある。冒険と称して。

本当に恐ろしい屋敷だった。魂《たましい》が震《ふる》え上がった。

特に廊下の奥で、壁に人影のようなものが染みついているのを見つけた時には、心臓が止まるかと思ったものだ。

高度五五〇〇メーテルの高所で、氷床の亀裂《きれつ》に入る時、その一〇倍は恐怖した。

亀裂は幅一メーテルほど。陽光が届かないためか、底は暗く見通せない。ケントマ曰《いわ》く、二〇メーテルほどの深さがあるそうだ。

「この高さなら、落ちても運が良ければ死ぬことはない」

そういう問題ではなかった。そして最高にいい笑顔で言うことでもなかった。

たとえ同じ高さの塔から地面を見下ろしても、このような恐怖は抱《いだ》くまい、と感じた。

クレバスの奥は、人を生理的に恐怖させる。

登山斧《おの》なしで落ちたら、手がかりのない氷壁《ひょうへき》を攀《よ》じ登ることは不可能に近い。

そういう袋小路めいた恐怖なのだろう。

技術のない者は、縄を固定し、それを伝い降りる。

ケントマは靴《くつ》の上に鉄爪状の装備を固定し、それと二本の手斧だけでするすると氷壁を降りていく。二本斧というのは珍しかったが、鋭い刃を手足につけることで、垂直に近い氷壁に完全かつ安定して取り付けているようだった。

氷壁の底につく。

天を見上げると、帯状の光が亀裂にそって弱々しく蛇行していた。光ですら入り込むのをためらっているようで、チタンは背筋の凍る思いだった。

「上の四人、天候観測よろしくねー。さ、それじゃあ少し歩くよ」

一行は亀裂の底を進んでいく。

両側から迫り来るような氷壁の間を歩いていると、不思議《ふしぎ》な気分になってくる。

「壁が閉じたらと思うと、恐ろしいな」

ストロボ教授が笑った。

「千年くらい観測していれば、壁が動いてぴったり閉じる光景を目にできるかもね」

他の隊員もまばらに笑った。

まだまだ、長閑《のどか》な雰囲気《ふんいき》でいられる場所なのだ。

「そろそろ照明つけて」

何人かが光筒を灯《とも》した。

筒から光の精霊があふれ出て、薄暗闇《うすくらやみ》を力強く押しのけた。

ふと頭上に目をやると、知らぬ間に亀裂が閉じて氷の天井と化していた。チタンらが歩いている場所だけは空洞のままで、氷の洞窟《どうくつ》内を進んでいるようなものだった。

氷は、陽光の届かぬ世界で、どす黒いまでに深みを増していた。

「ついたぞ。足下注意だ」

先頭のケントマが、隊全体に呼びかけた。

その足下には、奈落の底への入り口が開いていた。

亀裂《きれつ》の底に二重に生じた、第二の亀裂なのだ。

「ふうむ、意外と広いね。ここはすぐ降りられるの？」

「いや教授、ここは深すぎるし、数メーテル下から壁が引っ込んで返しのようになっているから、縄で降りようとしても宙づりになってしまう。少し向こう側まで横断して、そこからは垂直の氷壁《ひょうへき》を降りていった方が良い」

「じゃあここでふたり、連絡役を残そうか」

ふたりを残し、一行は亀裂の底の亀裂に挑《いど》む。

ケントマが壁に飛びつき、横方向に移動しながら、釘を打ち付ける。

魔法の斧《おの》は、鋭い刃の部分で熱制御ができる。固い氷壁をこれで溶かしたり、逆に熱を奪って固定を強めたりできるのだ。

そうして打ち込んだ登山釘の金輪に縄を通し、経路を作っていく。

素人目《しろうとめ》に見ても、作業は迅速《じんそく》だ。迷いがない。

あっという間に暗闇《くらやみ》の奥まで縄を張ってしまう。

「いいぞ」

一行はのろのろと動き出す。命綱を金輪で固定し、靴爪《くつづめ》を装着し、勾配《こうばい》のきつい壁面をまっすぐ横断していく。まだ勾配があるから、歩いて行ける。垂直になったら、横移動のためには特別な登攀《とうはん》技術が必要だ。

いつの間にか、皆の顔は引き締まっていた。

進行速度は大きく落ちる。

慎重に、確実に、歩を進める。

途中に棚のような足場を見つけては、休憩を取り、また進む。

皆、魔法瓶から頻繁《ひんぱん》に水分をとる。中身は甘く熱い茶だ。高山では水分が失われやすい。地上にいた時の倍はとる。行動食も兼ね、糖分はたっぷり入れてある。

「よし、ここから懸垂下降に入るが、自己確保は怠《おこた》ることのないよう。チタン、平気か？」

「ああ、楽なくらいだ。縄の滑りが良い」

命綱を通す金輪にも魔法効果が付与されているため、順方向にはよく滑るのだ。逆方向には摩擦《まさつ》が強まり、それらは自由に切り替えられる。

それだけのものだが、うまく使うと格段にやりやすくなる。

横断に使うよりは、垂直に移動する時にものを言いそうだった。

「チタンは俺と組め。では行くぞ」

氷壁《ひょうへき》を、降りる。

さらに移動速度は落ちた。

皆、基本的な訓練は受けていたが、苦戦は隠せない。チタンも複雑な縄の扱いに戸惑う。靴爪《くつづめ》と縄で体重を確保し、組んだ者同士で交代しながら降りていく。斧《おの》にはさほど頼らず、縄と固定器具を操作する時間の方が長い。

光筒から喚起された光球（鬼火）が、亀裂《きれつ》をゆっくりと落ちていく。闇《やみ》に呑まれたら、また次の光球を呼び出す。

この頃になると、もう恐怖というものにも慣れてくる。

絶壁を命懸《が》けで降りているのに、震《ふる》えて動けないということはない。

むしろ圧倒的なまでの自然の隙間に身を収めている事実に、切なくなる。

絶壁のような氷壁に、縄と金具だけでぶら下がっているのに、恐れを忘れていられるのは、仲間が周囲に普通に大勢ぶら下がっているからだろう。

「チタン、おぬし、山岳地帯の生まれだな」

ケントマが突然、そんなことを言った。

見抜かれた、と思った。

「いや、平地だ。俺は地べたで生まれた」

「嘘《うそ》だな。四肢の運びに奢《おご》りがない。慎重さを無意識に制御できている者の体《たい》さばきだ。生まれはどこだ？」

「……デバーバント山」

ケントマはにやりと笑った。

「あそこには、標高五一〇〇メーテルに町がひとつあったな」

おそらくケントマは、世界中の危険な場所は全て舐《な》めるように調べ上げている。

隠し通すことはできないのだ。

「なるほど、俺の見立ては間違っていなかったわけだ。日常的に岩壁に張り付くように育ってきたのだな」

「通学路からして秘境だったのでな。だからこそ、岩壁に張り付くような生活からは離れたいと思うのだケントマ。諦《あきら》めるがいい。俺は都会男だ。熱いのや寒いのは苦手だ」

「そうかそうか」

ケントマはまるでこたえない。

「本心だぞ」

「だろうよなあ。だがチタン、おぬしはすでに、極地で氷壁にへばりついておるのだ。冒険嫌いのおぬしがだ。灼熱地獄、氷結地獄と来て、次は何が待っているのやら」

チタンは衝撃のあまり、しばらく考え込んでしまった。

「やっと足で立てたよ。疲れた疲れた」

垂直だった氷壁《ひょうへき》も、下るに従って斜面になり、最後は縄なしでも歩けるほどになった。

斜面はさらに下方まで続いていたが、そちらは未調査なので計画には含まれていない。ケントマによると、少し下ると急峻《きゅうしゅん》な岩場と氷瀑《ひょうばく》の混合地が待ち受けており、いつ崩壊するかもわからない氷塔の中を移動することになるため、たいへん危険だということだった。

「二〇〇メーテルくらいは降りましたな」とケントマ。

「うん。事前の調査通り、いい足場があったね。最近の測量魔法ってのはすごいもんだ。僕の若い頃なんか、吉凶だけ占っていきなり極地入りしてたもんだけどさ」

改めて、鬼火がいくつか上げられる。やたら強く輝《かがや》く鬼火となった。

煌々《こうこう》たる輝きが地底を照らした。

「おお」

チタンは思わず叫んだ。

床も壁面も天井めいた張り出しも、濃紺を基調とした鮮やかな縞《しま》模様をなしていた。地層である。それもよく知られている水平の地層ではなく、奇妙にねじ曲がり、人為的に描かれた前衛的模様めいている。

露頭した褶曲《しゅうきょく》地層。

圧巻である。

ストロボが嬉《うれ》しそうな声をあげる。

「いやいやいや、こいつは見事に曲がってるねえ」

調査隊員たちもどよめいていた。目的とする地層にぶちあたったようだ。

研究員のひとりが試験紙で、単三魔水晶の両極を挟む。魔水晶からの霊力で、試験紙にこめられた魔法的な反応が起こるのを見て、かなりの魔力濃度です、とストロボに報告する。

「ようし、ここ拠点にして、すぐ調査しよ」

傾斜が多少ある程度のことは障害とはならないらしく、天幕が張られていった。それが済むと、各自それぞれが食事の準備をはじめる。

乳製品や乾燥野菜を入れた粥《かゆ》、粉を溶いた汁物などが献立《こんだて》だ。

チタンは消化力の衰《おとろ》えを感じなかったので、それらにくわえ普通に穀物を炊いたり燻製《くんせい》肉の塊《かたまり》を焼いて齧《かじ》ったりし、食うねえいいねえと周囲の人々から大いに褒《ほ》めてもらえた。

巨漢に生まれてひとつだけ得だと思うのは、年上からやけに可愛《かわい》がられることだ。理由はまったくわからないし、逆に婦女からは怯《おび》えられる。暴力など振るおうものなら、たちまち無法者扱いである。割りの良い取引とは思えなかった。

食事が終わると、調査隊は各自の分担に応じて地層を調べ始めた。

「一段落だな」

役目を終えたケントマが、大きく伸びをしながら歩いてきた。

「チタン、自由時間にしていいぞ」

「と言われても、やることなどないが」

「魔力が濃いからなあ、携帯は通じんか？」

携帯の感度を示す星型は、ひとつも表示されていなかった。

「伝書魔法は大気状態ですぐ調子が悪くなるからなあ。鬼火のような単純な成立機序のものは、あのように強化されるのだが」

鬼火は小さな太陽のように、地底を照らしていた。

「この強い魔力はどこから来ているのだ？」

「理由はいろいろあろうさ。教授たちの調査で、わかるかもな」

仕方なくチタンは、あちこちの調査を見学したり、皆と雑談をしたり、写真を撮ったりと、休日のように過ごした。

夕方からはストロボの寝泊まりする大天幕で会議を行った。専門的なことはわからなかったが、学術的熱気にあてられるのは新鮮で、心地《ここち》よかった。社会貢献できている感は大事だと感じた。いつかの面接では、貴様の社会貢献意欲などどうでも良いと一蹴《いっしゅう》されたことがあるが、やはり大事なものは大事だ。

草食オーガ　☆　5分前
大学の調査手伝いで、今地底。縞《しま》模様は地層だそうだ。氷には一生不自由しない感じ。やったぜ（涙）

駄目でもともと送信し、しばらくして確認してみたら一瞬でも魔力波が通じていたのか、そこそこの反響があった。

すごい景色！　まるで別世界！　驚嘆すべき模様！　調査おつかれさまです！

写真を添付したのが良かったらしい。

承認欲求が満たされて、チタンの口元は綻《ほころ》びた。

そんなことをして遊んでいると、

「チタン、教授が下を見たいそうだ。手伝ってくれるか」

ケントマに呼び出され、例の危険地帯に足を延ばすことになった。

氷瀑《ひょうばく》とは、ゆっくりと流れ落ちる氷塊《ひょうかい》のことである。氷のようなものでも、長い時をかけてけっこうな距離を流れていくものなのだ。かなりの圧力がかかる結果、亀裂《きれつ》や氷塔などを生み出しながら複雑で崩壊しやすい地形を形成していく。

「氷瀑地帯で、安全な場所というのは事実上存在しない。我《わ》が身の幸運を祈っておれ」

恫喝《どうかつ》目的だと思われる解説をケントマはした。

「どうも、ここの濃密な魔力って、地層から放出しているみたいなんだよ。別の箇所のものも調べてみたいんだ」

ストロボをともない、ケントマとチタンは縄の固定を行う。

「下にかなり張り出しがあるな。強化縄だから簡単には切れんと思うが、チタンは気をつけてくれ。教授、ここは両手斧《おの》で行った方が良い」

ゆるい坂道のすぐに下が、強烈な斜面になっていた。

ほとんど垂直に近く、ところどころに鼻のような形の張り出しがある。それが落下しかけた氷塔だというのだ。氷塔とは、押し出された氷床が割れてできるものだ。時には塔ほどの大きさにもなり、突然倒れてくる。まさしく安全地帯などないのである。

そうした塔を基本は避けていくが、どうしても避けられぬ箇所もある。

素早く抜けるしかない。

要所要所で、チタンは体重を活かしたおもりとして、教授と縄を繋《つな》いだ。もし難所でストロボが落ちた時、チタンは素早く斜面にへばりつき、滑落を阻止する役目だ。体重差があればあるほどよいので、チタンが適任なのだ。

ケントマが先行して移動経路を作り、縄を落としながら、三人は着々と降下していく。

「うん。ここらへんでいいよ。まだ下は見えないね」

幅数メーテルほどの亀裂だが、まだまだ底が知れなかった。

適当な露出壁面に、ストロボが取りつく。短めの登山斧《おの》の、石突の部分を使い、地層を砕きつつ採取していく。

ケントマはその間、上方の氷瀑《ひょうばく》から片時も目を離さないでいる。崩壊の兆候《ちょうこう》が現れたらすぐに退避する必要があった。言うなれば、滝が凍り付いてできた氷壁《ひょうへき》のようなものだ。いつ途中から崩れ落ちるか知れたものではない。

チタンはケントマとは別の張り出しの上で、氷壁に螺子《ねじ》を打ち込み、縄をかけて自らを確保していた。登山斧のつるはし部分から熱を放出しながらやると、どんな堅い氷壁でも簡単に穴があくし、また凍らせて強度を戻すこともできるのだった。

凍った地層を叩《たた》く一定の音が続く。

そんな中、突然、携帯の音がかき乱した。

「出ていいよ」ストロボが言う。

いいらしい。では、と出る。

それはとんでもない連絡であった。

『秋月霊子《あきづきれいし》商会です。最終選考を通過した旨、お伝えいたしたく』

「何いいいいいいっ!?」

チタンの全身を、この上ない甘い痺《しび》れが迸《ほとばし》った。

ついに、ついに内定が転がり込んできたのである！

一瞬で今までの苦労が報《むく》われ、洗い流されていく。至福、忘我《ぼうが》の境地に瞬時に達したチタンは、ここが地底であることすら忘れた。いや、というか、もう、天上界であった。どうして天上界に行くのですかと問われて、そこに俺がいるから天上界だ、と答えるものであった。

つまり混乱していたわけだ。

伝話《でんわ》の相手は続けてこう述べた。

『あ、申し訳ない。人違い。採用は別の人だった。すまない無関係の人』

「何いいいいいいいいいいっ⁉」

確かに秋月霊子はずっと以前に伝書網で登録だけはしたが、試験は受けてはいない。そのあたりで間違ったのだろう。

「おい、いくらなんでもそれは……！」

伝話は切れていた。

「……おお」

チタンが呻《うめ》く。その手から、携帯が滑り落ちる。慌《あわ》てて手を伸ばすが、摑《つか》みそこねる。再度手を出し、今度はしっかと摑《つか》んだ。だが体を急にひねりすぎたせいか、氷壁《ひょうへき》に打ち込んだ確保用の螺子《ねじ》が、勢いよく逆回転して外れた。

チタンの体が、縄ごと落ちた。

誰とも縄を繋《つな》いでいなかったため、ただひとりで落ちた。

とっさに反対側の壁面を蹴《け》った。幅数メーテルを三角飛びに、元いた側の壁にへばりつくことに成功した。

腕を振るい、壁面に斧《おの》のつるはし部分を打ち付け、同時に靴爪《くつづめ》を蹴り込む。

急制動がかかり、ぐっと押しつけるような重みが、脳天から尻まで抜ける感覚があり、次の瞬間には負担が壁に吸い込まれるのがわかった。

体を固定することができた。

「チタン、無事か！」

ケントマがすぐ上まで降りてきた。

「ああ、危なかったが、大事ない」

「螺子一本で確保していたのか。一度回転しはじめると、重さのかかり具合によってはむしろ釘よりも勢いよく外れる。油断したな」

「氷が脆《もろ》そうで、交差打ちをためらった……だがそうすべきだった」

「登れるか？」

「ああ、行ける」

チタンは二本の斧で、氷壁を迫り上がっていく。途中、妙な裂《さ》け目があった。

「……ん？　ケントマ、光が漏《も》れているのだが？」

「どこだ、見えないぞ」

「その露台《ろだい》からは見えまい。壁面に、裂け目がある。そこから紫色の光が漏れている」

片方の斧を使い、切れ目を広げてみた。

薄い氷はぱらぱらと崩れ、向こうに有り得ないものが見えた。

小部屋だ。


「遺跡の一部だ、間違いなし」

小部屋を調べ終えたストロボが、興奮を隠せない様子で言った。

室内は人がふたりも入れば一杯という小規模なもので、たとえるなら宿泊施設を備えた車くらいの規模である。

しかも周囲の圧力に耐えかね、ほとんど押しつぶされる寸前まで歪《ゆが》んでいる。

元は球状の小部屋だったと思われた。

「この一室だけのようだ」

周囲の地形を調べたケントマが、戻ってきてそう結論づけた。

三人は壁面に体を固定して、話し合った。

「どうしてこんなところに部屋が？」とチタン。

「先史文明というのはだいたい二、三百万年前のものなんだけどね、この地層がちょうどその時代なんだよ。間違いなく、我々《われわれ》の探していた遺跡の一部だよ。この部屋だけが地層の中で引きちぎられ、褶曲《しゅうきょく》とともに隆起してここまで運ばれてきたんだろうね」

「にしてもたいした強度ですな、この建材は。それに、今でも壁自体が光っている」

「周囲の地層が魔力を蓄積しているからね。それを動力として、作動しているんだね。あるいは動体を検出して点灯したか。いずれにしても、驚くべき保存状態だね」

もうちょっと調べやすいところにあったら良かったんだけど……とストロボは困ったような顔をした。

「庵《いおり》か、神殿か、それとも乗り物だったのか。興味深いな」

「しかしここまで地形に食い込んでいると、持ち帰るのは無理だねえ。写真とるだけとって、あと出土品だけ持ち帰ろうか」

野営地に戻ると、大騒ぎになった。

地質調査で遺跡の場所を推定する、というのが目的だったわけで、一部とはいえ遺跡自体を発見できたことは段階をひとつまたいだ形になる。

功労者のチタンは、研究員たちの間でさらに株を上げた。

「冒険者やるじゃん」「うむ、君は持っている」「とっときの冷糖をあげよう」

嬉《うれ》しいやら照れくさいやら、身の置き所がわからなかった。

「さて、今回の出土品はこの通り」

七点の出土品が回収された。

隊員全員でその七点を囲む。

円盤状のもの。装飾品らしきもの。錆《さ》び付いた立方体。どれも用途のわからないものだらけだ。ひとつだけ、わかるものがあった。

「これは短剣か？」

「うむ。短剣だな」

刃渡り二〇センチメほどの刃だ。

状態はすこぶる良く、鞘《さや》から抜くとぬらりと濡《ぬ》れたような青い刃が現れる。

ケントマは口笛を吹いた。

「色からしてもろに魔法剣だな。少し短すぎる気もするが」

チタンはその刃に見惚《みほ》れた。

「うーん、やっぱりそれだよねえ。チタン君の取り分、それにするかい？」

「え？　俺の取り分、とは？」

ケントマは呆《あき》れた。

「なんだ、冒険法は知らないのか」

冒険法。俗称である。

埋蔵物の扱いについては、原則として遺失物法の特例が適用される。この特例が冒険法と呼ばれるものだ。

未踏かつ危険な土地で発見した埋蔵物について、文化財としての価値があることが明らかな場合か、正当な所有者がいる場合か、法令の規定によりその所持が禁じられた物品である場合をのぞき、拾得者は所有権を取得する第一の権利を与えられる。

第一の権利というのは、不明瞭な言い回しであるが、つまり全部持って行かれると困るから、一部のみに所有権を認めるというものだ。

第一の権利をどこまで認めるかは、個別に話し合われる。

具体例としては、埋蔵物の中に魔法剣とそれ以外の物品がある場合、冒険者は魔法剣を欲すると思われるので、それは認められる。

だがその他の実用に供《きょう》しない品について、勝手に方々に売却されることは文化的損失であるし、魔法術の諸外国への流出をも招く事態であるから、可能な限り国か嘱託《しょくたく》機関で管理したいということだ。

冒険者有利な特例法である。それもそのはず、彼らがかつて己《おのれ》の権利を守ろうと働きかけた結果、勝ち取ったものなのだ。

「お宝を見つけたら、一番使えそうなものを持って行って良いということだ」

「ただし、他のはうちで引き取らせてよ。その剣も、できたら登録と研究だけはさせてもらいたいなあ」

「ああ、それはもちろん、というか、俺は別に武器なんて……」

言いかけたチタンの肩をケントマがしんなり掴《つか》む。

「しかるべき場所に持ち込めば、その魔剣、いくらになると思うね、チタンよ」

はっとして、チタンはケントマを振り返る。

「い、いくらになるというのだ？」

「ざっと一万円はくだらんだろうねえ」

ストロボが嘘《うそ》をついた。

「信じるなよチタン。二桁違うからな」

「今のは俺にも嘘だとわかった……」

ふたりに半眼を向けられても、ストロボは素知《そし》らぬ顔をしていた。

「そうか、二桁か……」

「冒険法で取得した物品を売却となると、またいろいろ手続きが大変になるんだが、まあそういうことも可能ということだ」

「というかどうしても売るなら僕のところで引き取るよ、君」

現実的な会話をするふたりをよそに、チタンは改めて、魔剣の輝《かがや》きを観察した。

鞘《さや》から抜くと、かすかな水の匂いがする。

常に妖《あや》しく輝き、チタンの知るどんな刃物より軽い。

切れ味のほどは、確かめるまでもなく直感できた。おそろしく切れ味が良いはずだ。

冒険など冗談じゃないという思いには、今でも変わりはない。騎士になって宮廷勤めができるものならしたい。だがそれとは別に、この剣を、手元に置いておきたいと強く感じた。

青々と際立つ刀身は、悠久の歴史を貫《つらぬ》き、チタンの手元にやってきたのだ。

欲しい。

チタンの童心がうずいた。

冒険譚に夢中になっていた、幼い頃のように。

†

帰りの軌車《きしゃ》の中で、携帯を確認した。

落としかけてから、いろいろと大騒ぎでずっと見られなかったのだ。

幸い、壊れてはいないようだった。

そして短文をやりとりできる伝書魔法〈良縁《らいん》〉には、何十通もの伝言が投書されていた。

差出人は、全てヨミカだった。

†

「シロがゲボ吐いたあ」

駅《うまや》でヨミカに捕まった。

良縁に返信した瞬間、即座に居場所を確認されたのだ。

「何度も吐く。胃液だけになってもずっと。まずい。死んじゃうかも。一度、ヨップさんと獣医のところに行ったけど、やっぱり原因がわからないって」

「ヨップ？」

「ケントマって人の知り合い。預かってもらっている人」

「ああ……」

引退した元冒険者だと聞いていた。

「どうしよう。呼吸も苦しそうだし、だんだんひどくなってる気がする。かわいそう」

「窒息しているのか？」

ヨミカは否定する。

「でも息苦しそうで、もう見てらんないよ」

「獣医の名医を探そう……それしかない」

「獣医なら紹介してやれるが？」

背後でやりとりを眺《なが》めていたケントマが、口を挟んだ。

「ありがたいが、なぜ獣医師の知り合いが?」

「昔の冒険仲間だ。今は引退してしまったが」

つまらなそうに説明する。

「獣医さんが、冒険?」ヨミカが不思議《ふしぎ》そうに首を傾《かし》げる。「あまり活躍しなさそうなんですけど」

「したとも」

ケントマは間違いなく大丈夫であると請け合う。

「なにしろ獣医だけに、そいつは遭遇した獣《けもの》の弱点を的確に突いて殺す名人だったからな。俺の知る中で、野犬の群れを登山用の斧《おの》一本で皆殺しにできるのは、あやつだけよ! ゆえに腕は確かであると言っておこう」

気が遠くなりそうだった。


「あ、こりゃ石化だな」

ケントマに紹介された人間の獣医師ビステマは、明快な診断でふたりを安心させた。

良かった。藪《やぶ》じゃなかった。

交換なし。ヨミカが小声で囁《ささや》いた。

　ケントマの冒険仲間というから不安だったが、意外にも獣医らしい獣医である。年代的に、冒険が流行していた最後の世代になるのだろう。

「石化というのは？」

「体内の魔法力の均衡《きんこう》が崩れると、希《まれ》に発症するものでな。血管や周囲の筋肉が硬直していくことで、石のように固くなってしまうんだ」

　元冒険者だけあってドワーフを一回り大きくしたような体格のビステマが、シロを取り扱う手つきは繊細《せんさい》だった。

「非常に珍しい病気でな。魔法力の高い生物が患《わずら》いやすい病気なんだが、人間やそこらの犬猫でもかかることがある」

　なんと頼りになる獣医なのだ。ふたりは感動した。

「それでビステマ師、どうすればこの石化は治りますか」

「それがな」獣医は顔を曇らせた。「わからないところの多い病気でな。なにぶん症例が少ないため」

「そんな」とヨミカ。

「安心せい。今はこの獣医専用の伝書項で、過去の症例を全占索できるゆえな」

　ビステマは事務机に置かれた据置型水晶を操作した。

　文字盤に、左右の人差し指だけを使い、ぎこちなく入力していく。

「い、ぬ、空白、せ、き、か、変換っと」

画面上に、占索結果がずらりと並ぶ。

といっても、二〇件ほどにすぎない。

いかに症例の少ない病気かそれだけでもわかる。

「こうして調べると、完治した事例が少ないいんだな。石化を発症した動物は、ほとんどの場合は筋萎縮《きんいしゅく》で死んでしまう、か。死んでない犬は……三件だけとはな」

ビステマの言葉ひとつひとつに、ヨミカは震《ふる》え上がっていた。

「せ、先生。死なない方法を、どうか」

「ちょっと待ってね。今調べてるから」

つっけんどんに言って、生存に該当する三件を調べていく。資料を読みながら口に出すのはどうも癖《くせ》のようだ。

「一件目は、別の病気を併発して死んじゃってるのか。これは駄目だな。二件目は……んー、診断を受けたあと連れ帰って、その後は病院にもかかってないし、占術にも引っかかってないか。こりゃ魔法の及びにくい土地に引っ越しちゃったかな。三件目は……」

ビステマの指が、文字盤の上を無意味に叩《たた》きはじめた。

「……三〇年前、ね」

「何かわかりましたか」

「いや、この三〇年前にどっかに持ち込まれた犬がね、これは石化と診断されたわけじゃないんだけど、名前が同じシロなんだよね」

「それ自体は……珍しいことではないと思うのだが」

「そうなんだがよ、似てるんだよ、単純に」

画面を親指でくいと示す。ふたりはのぞきこんだ。

患畜の画像が掲載されていた。

粒子は粗いが、確かにシロと同じ体格、毛色の犬である。しかも同名。

白い中型犬というのは、決して珍しいものではない。関係の有無は画像からでは判断しにくかった。

「入力された記録から引っ張り出してるわけじゃない。占いで関連有りと思われる事例を引っ張って来てるんだ。占術とはいえ、精度高いんだよ、こいつは」

まあ伝書網の魔法精度については、日常的に触れている若者たちには説明されるまでもないことだった。

「あ、待って。この首輪、同じやつじゃない?」とヨミカ。

「同じといえば、同じにも見えるが……さて」

「ちなみに三〇年前のこの犬、診療した診療所、まだやってるね」

チタンとヨミカは、ひたとビステマの顔を見た。

「それは祖父でしょうね。二〇年前に死にました。父が継いで、今は孫の私が院長なんです。ですから当時のことは、お答えいたしかねます」

若い獣医が申し訳なさそうに言った。

手がかりをたどるために、ビステマからさらに紹介してもらったのだ。

「記録とか、残っていません?」

「入力はしてませんので、占術で関連付けされてこないものについては……ああ、当時の診療記録があるかな。妻に探してもらいましょう」

内線で依頼すると、すぐに獣医の妻が書類の束を持ってやってきた。

エルフだった。

「ぐわ」

ヨミカはうろたえ、挙動不審になった。エルフが苦手なのだ。

「どれどれ。……あった、これですね。犬名シロ。犬種不明」

若い医師は、小さく眉をひそめた。

「何かありましたか?」

「そうですね。この飼い主さん、多頭飼いをしていたと書いてあります。六頭もいたと。あまり良い飼い方ではないようで、要指導、と赤書きしてあります。祖父の字ですねこれ。シロちゃんを連れてきた経緯としては……」

獣医は少したためらった。

「……凶暴で、力が強く、他の犬とじゃれている最中に怪我《けが》をさせてしまった、と」

凶暴。

チタンとヨミカは顔を見合わせた。

「あ、怪我ではないですね。噛《か》まれた方、死んでしまっているな……」

「え？」

ヨミカが顔を上げる。

仲間を嚙み殺した。

「飼い主の方、シロの気性を大人《おとな》しくさせる方法はないか、ということを質問されてるようです。ん、これは……祖父は、安楽死を薦《すす》めたのか、そうか……」

「結局、どうなりましたか？」

「どうにもできなかったので、連れ帰ってもらったそうです。その後のことはわかりません。なにぶん三〇年前のことですから、シロちゃんも死んでいるはずです。そちらのシロちゃんとは、似ていても違う犬でしょう。中型犬は三〇年も生きませんから」

「……先生、その飼い主の方を、紹介してもらうというのは」

チタンが切り出す。

「ごめんなさい。応じかねます。三〇年前とはいえ、客商売ですので」

†

チタンとヨミカはとぼとぼと帰り道を歩いていた。

夕方だった。朱色に一滴の黒を混ぜたような濁《にご》った緋色《ひいろ》が、空から覆《おお》い被《かぶ》さるようにその濃さを増していく。

遠方の地である。

特急軌車《きしゃ》で三時間も揺られてここまで来たのに、手がかりを絶たれた。

無念は小さくない。

ヨミカは、道の欄干《らんかん》の向こうに広がる平原を、寂しげに眺《なが》めた。

「……仕方ないさ。ビステマ師に、他の方法を探してもらおう。治療代なら心配いらん。いくらかかっても平気だ」

「ねえ、あれって〈シャムミッティの丘〉じゃない?」

ヨミカが指さす。

平原の向こうに、地面が波打ったようないびつな地形が果てなく続いている。見覚えがあるのも当然で、それはあの忌《い》まわしい新歓冒険で駆り出された土地に相違なかった。

「そうか。ここが、あの近くか」

丘の地下深くには〈溶岩都市〉に繋《つな》がる、大空洞が存在するのだ。

危険であることから王国はこの土地を開発禁止区域と定め、国民の許可無き立ち入りを禁じている。

「奇妙な偶然もあるものだ」

「偶然……だと思うの？」

「違うのか」

ヨミカは目をかっとむいた。

「どうしてわかんないの？　でかいの？　馬鹿なの？」

「いや、実際でかいがな……」

おそらく大男は総身に知恵が回りかねる的なことを言いたいのだなとチタンは察した。

「偶然なわけない。三〇年前の凶暴犬は、シロだよ」

「でも犬の寿命はそんなに長くは……」

言いかけて、はっとする。

『なぜなら奴らは、寿命が長い』

『血液検査してみたが、かなり魔法抵抗値が高いようなのだ』

「その可能性が、いやしかし、あんな小さな犬が」

「あたしの田舎だと、小さい魔獣の伝説もあったよ。大物ばかりじゃないよ」

「つまり飼い主は、持てあましたシロを捨てたか、逃がしたかして……」

「そう考えると、辻褄《つじつま》が合うよね」

ふたりは見つめ合ったまま、思考を停止した。

魔獣だとして、どうするか。

どこか人に迷惑のかからない場所で飼い続けるのか。

おそらくチタンよりも長生きするであろう、魔獣を。

「国に引き渡したら？」

「殺処分されちゃうでしょ！」

「……それはいかんな」

「いかんよ！」

「ならば、元いた場所に戻すか」

魔獣なら、過酷な環境でも生きていける。人のいない場所であれば、どれほど吠えても迷惑はかからない。

「元いた場所、溶岩逆流で崩壊しちゃってるじゃない」

「……そうだった」

本当に俺は鈍いのだな、とチタンは自らを嘲《あざけ》った。就職できんのも、当然だ。

「ヨップさんのところも、一軒家だけど住宅街の中で、いつまでも置いておけるってわけじゃないみたいだし。いい手を考えなきゃ……」

†

赤竜館とは?

就職・転職・起業指導を行う、就業支援塾です。

一線級の指導者陣による経歴設計は、貴殿に首位内定を獲得する実力をもたらします。

当館の卒業生の多くが、難関商会への就職、国外一流校留学、政界進出を実現しているのです。

体験受講のお申し込みはこちらから。

資料請求はこちらへ。

「就活塾か、それ」

自分の他に誰もいない部室。たった一台きりの卓上水晶を独占していた報《むく》いか、だらりと閲覧していた伝書網の画面を、いつの間にか室内にいたイディアに見られた。

「……おぬしか」

「塾を検討するほど追い詰められているとはな。本気か？」

「いや、俺は本当に世の中から一員として認めてもらえんのかと思ってな。気休めだ」

「どれだけ落ちた？」

「七〇は超えたな」

「ううむ。やることはやっているのだよな？」

「やっているさ。もしこのまま決まらなかったら、御身《おんみ》のところで雇《やと》ってくれるか」

自分でも現実味がないとわかることを、チタンは口にした。

「俺のところだと？　そうか、チタンには言ってなかったか」

イディアは悪びれもせずに言う。

「商会なら畳んだ」

「何だと？」

「実は就職が決まってな」

チタンは絶句した。

「何処《どこ》だ」

「コンドン商会」

超のつく大手だった。

「起業はしてみたんだが、これも経験と思い就活だけはしていたのだ。もちろん受かっても辞退するつもりだったのだが、話を聞いてみるとコンドンはなかなか創造性や独自性が強く、正会員にも感性ある人が多くてな。これはなかなか得がたい機会では、と思ったのだ。俺の持論だが、輝《かがや》いている人間との接続だけが、良き糧《かて》になる。そういう意味では、コンドンは及第点をやれる組織だし……」

そうか、と悟った。

講義を真面目《まじめ》に受け、単位に怠《おこた》りなく、板書もきちんと自筆し、成績も良い。そのように努力できる真面目な学生より、組合や学生起業で輝き、その他のことは要領良く乗り切る、見た目の印象が良い人物が、一流商会では求められているのだな、と。

腹の底で蠢《うごめ》くものを感じた。

「それが社会的な存在になるということか」

普段は口にしないような皮肉は、腹で蠢くものが言わせていた。

「ああ……その考えに変わりはないがな。採用先がなかなか興味深い組織だとわかったのでな。もちろん、既存の価値観に依存しすぎているという看過も感化もしがたい欠点はある。だがそこは俺が変えていける部分だと思うしな」

「大手の商会員になることは創造性があることなのか？」

「その商会にもよるさ。コンドンは及第点だと言ったろう？　なあチタン、俺が心変わりしているように思うかも知れないが、変節と許容は似ているようで違う。このふたつを区別できない大学生は多いから、誤解を受けるのは仕方ない。だが俺にとって大事なのは常に自分を最も過酷な環境に置くということなんだ。誰かの作った商会に身を置くことで自分を高められるなら、俺は自分の志《こころざし》をも制圧してみせる」

チタンは息苦しくなってきた。

怨念《おんねん》めいた感情は、ひとつの疑問へと集約する。

なぜ？

「面接でも、そういうことを語ったか？」

「いくらコンドンとはいえ、誰かが敷いた軌道の上を歩む人々に、この考え方は理解しにくいと思うが、まあ多少手心を加えた物言いをしたさ」

なぜ、そこまで自らを拡大する？

それとも俺の目が節穴なだけで、イディアは真実、偉大な存在なのか。英雄なのか？

決してイディアを嫌っていたわけじゃない。

だが、どこかで納得できない。

俺はこの男より大幅に劣った存在なのか？

考えたくもないその疑問が、どうしても抑えきれない。

「そういう理由でな、俺はしばらく、組織の家畜というやつになってみることにした。無論ただの家畜ではなく、物言う家畜だがね。もしこれから先、あのコンドンが革命的に変質するようなことがあったなら、その時は俺のことを思い出してくれ」

きらびやかな言葉は、右耳から左耳まで風のように抜けていった。

自分が正しいと信じたかった。

だが社会は、そうとは言ってくれない。

自我のどこをへし折り、直すべきかすら、示してはくれないのだ。

†

「近年の魔法工学の発展はめざましいものがあることは、万民の認めるところでありましょう。私はそうした中、特に御会の技術貢献という理念に心打たれ、無学非才のこの身ではありますが力添えできればと思い、応募いたしました」

チタンは冷静な面持《おもも》ちで、なおかつ力強く答えた。

「え、なぜ？　詩学部は、魔法工学関係ないが？」

面接官は言った。

「確かに私には器具を作ることはできません。が、それを社会貢献に用立てることはできるはずです」

強気で返した。

「社会貢献がしたいというが、それはなぜだね？　ここは営利団体だが？」

「やりがいがあるからです。また、商業を通じて社会にも還元を行うことで」

「なぜ還元？　還元して何がどうなるの？　意味あるの？」

「そういう良き循環に寄与することで、人は働くことに充実を感じることができ」

「なぜ寄与とやらをしないと充実できないの？　自分のところの利益だけでいいじゃない」

「…………………」

　相手の質問に対し徹底的に問いを投げかけ精神崩壊に至らしめることで本質を見極めるというこのやり方は、圧政《あっせい》面接と呼ばれ、就活生に忌《い》み嫌われた。

「……社会で生きるとは、共同体で生きるということです。人は群れることで仕事を分業することができ、そうして生み出した余剰の力をもって文明を築いてきました。だから善行とは、社会貢献にほかなりませぬ」

「わからないなあ。なぜ？　なぜ社会貢献が善？」

「共同体に益《えき》することが善であり、反することが悪だからです。その上に、倫理は生まれております。これを否定してしまうなら、共同体をともに担《にな》う意味を失うでしょう。山奥でひとりで生きていけばよろしい。人から承認を得るために、我々《われわれ》は小さな手を世にさしのべるのです。積極性だ指導者気質だと誇《ほこ》ってはみても、所詮は小さな手、たいしたことはできますまい。だが皆と同じ道を進むつもりだという意思は示せる。過酷な世界で、ともに岩壁にしがみついてくれる者の存在が、どれほど心強く、頼もしいことか。もし英雄になれるのなら、たやすく称賛を得られましょう。だが人はそうそう英雄などになれはしない。英雄のなり方など、誰も知りませぬ。だからこそ小さな自分を総動員し、ともに絶壁にしがみつくのでは？」

「うーん、だから、意味不明。どうでもいいのよ、そういう青臭いことは。君が当会に貢献することが最大でしょう？　社会貢献とかいらない。むしろ人を食い物にしてでも生き延びる強さこそ、社会人じゃないの？」

「……だというなら、俺はもう雇《やと》っていただかなくて結構だ」

チタンは面接途中で立ち上がり、そのまま挨拶《あいさつ》もなく部屋を退出した。

面接官と就活生らは、ぽかんとした顔で、大きすぎる背中を見送っていた。

†

「えー、そうなんですかー。じゃあやっと遊べるんですねー」

透明感と声量をあわせもつ高音が、部室内を調べのように吹き流れていた。

素人《しろうと》の声質ではなかった。

「ああ、存分にな。今、いくつかの催《もよお》しを企画中だ。が、決めあぐねている。せっかく過酷な就活を乗り越え、社会人になる資格を、人格と実力をもって獲得したのだから、それにふさわしい創造性ある催しでなければな」

今や〝女王のような女たちを囲む男たち〟の代表に降格したイディアが、就活の厳しさについて等々を、それを難なく突破した者の態度で説明した。

「なんかかっこいいですねー」

エルヴィンのふたりが入って以来、冒険組合の部員数は倍以上に膨《ふく》れあがっていた。

幽霊部員だった者も再び顔を出すようになるなど、魅了《みりよう》の魔法でも使っているのではないかと思えるほどの盛況具合である。

そんな集団に、ひとつの巨大な影が、近寄った。

「おい、おぬしら」

男たちは不気味《ぶきみ》な巨人の顔を見て、ぎょっとする。

一切の人間味を剝奪《はくだつ》されたような余裕のない顔は、さながら社会に追い詰められ凶行に及ぶ凶悪犯を連想させたのだ。

「な、なんだチタンよ。うるさかったか？」

イディアが努めて柔らかい声で言った。

「この中で、誰か内定を蹴《け》った者はいないか？　いたら、蹴った先の商会を教えてくれ」

「へ、内定辞退？」

男たちは顔を見合わせる。

「それはまた、どういう意図の質問だ？」

「内定を辞退するということは、枠がひとつ空《あ》くということだ」

ああ……と四年生の男たちは一様な反応をした。

「悪いが、ここには複数の内定を獲得した者は、いない」

「そうか。邪魔《じゃま》してすまなかった」

チタンは別の集団に向かい、同じように怯《おび》えられ、同じようなやりとりをしていた。

「ねえイディア先輩、あの人、どうしちゃったんです?」とチアリー。

「……秋採用に賭《か》ける気なのだろう。時期的に、もう春採用の募集は少ないからな」

「だがあの様子じゃ駄目だな。覇気《はき》というか、就活力が失われている」

別の男がぼそりと口にする。

そうした独言も、実はチタンの耳には届いていた。

わかっていた。

就活への意欲が、とうに失われていることなど。

本人としても後始末のつもりであった。最後までやりきったが駄目だったと、自分に言ってやるための行為だった。

もはや苦痛も、息苦しさもなかった。

死人のような、心穏やかな心境に至った。

その時、部室の受像器が緊急速報を流しはじめた。

『緊急速報です。セルガナ王国ラルーン地方にある、大陸最大級の休火山〈霧吹山《きりふきやま》〉が、解呪期に入りました。付近の住人に対して、避難指示が出ています。該当地域にお住まいの方は、すみやかに最寄りの避難所に移動をしてください。繰り返しお伝えします。セルガナ王国の〈霧吹山〉が、解呪期に入った模様です――』

同日、同時刻。

ケントマは学生ばかりが住んでいる格安賃貸住宅（チタンの家より安い）の自室で、〈霧吹山〉が解呪期入りしたという報道を聞き、受像器に飛びついた。

「……俺が現役のうちに、来てくれたか」

今や誰も信仰しなくなったという旅と巡業の神に、ケントマは祈《いの》りを捧げた。

†

〈霧吹山〉。

大陸の北方、風光明媚《ふうこうめいび》な高原の国であるセルガナ王国の、さらに最辺境に位置する孤峰である。標高は八八四八メーテル。文句なしの、大陸最高峰。

山には五つの頂稜《ちょうりょう》があり、上から見ると星形をなしている。中心点がもっとも高く、その頂きを踏むためには東西南北のいずれかの峰《みね》を通る必要がある。異なる二つの高峰に続けざまに登るようなものであり、その過酷さは論じるまでもない。

だからといって峰と峰の間から中心点を攻略することも難しい。そこには世界最大といってよい岩壁や、目視できるほどに流れの速い氷河があり、ほぼ全ての場所で人を宙に巻き上げるほどの強風が吹き荒れている。

未踏峰であった。

だが〈霧吹山〉が人を阻《こば》んできたことには、別の決定的な理由がある。

名の由来ともなった、魔性《ましょう》の霧《きり》だ。

それは噴煙のように溢《あふ》れ、山の周囲を取り巻いている。

霧は魔を含む。そこでは天然の生む魔法とでも呼ぶべき超自然現象が発生する。濃密な魔力の中では、偶発的に魔法が生成されてしまうこともあるのだ。

人間由来の魔術も暴走しやすい。もしそこに素養《そよう》ある者が行き、朦朧《もうろう》とする意識の中で何かを強く願ったならば、奇怪に歪《ゆが》められた形で魔性を生じさせるおそれがある。効力が限定されている魔法製品とは異なり、こうした非制御下にある魔力は危険なのである。

古い記録によると、解呪期になるとそれまで魔力で維持されてきた様々なものが、支えを失い災禍《さいか》となって周辺地域に押し流される、とある。この期間を扱った文学作品も多い。

生きた雪崩《なだれ》が村を襲《おそ》うのかも知れない。

岩石が自《みずか》らの意思で人の脳天に落下するのかも知れない。

かりそめの命が生まれるのかも知れない。

誰も、何も、予測できない。

記録によれば、霧《きり》はこの二百年、晴れたことがない。

未踏峰かも知れぬ。記録には残っていないだけで、そうではないかも知れぬ。

確かめるには、行ってみるほかないのだ。

数百年に一度の解呪期がやってくる。

霧がおさまるのは、わずか数か月足らず。

大勢の隊員で途方もない量の物資を運びながら、経路調査を重ねながら、安全を確かなものとしながら、攻略できる期間ではない。

何年もかかる。危険を減らすために考案された、その安全なやり方では。

だからこそ、冒険者が行く。

そういう時は、危険を呑み込める者が行く。

にわかに冒険界は活況づくこととなった。各地で名乗りを上げる者が、次々と現れた。

世界が冒険者たちに注目をしていた。

未来樹　☆　15分前
大学生活を終えるにあたり、いろいろ考える。友人から以前、自分の影響力というものを考えろと言われたことがあるが、今になって実感した。俺はあまりにも自分のことだけを考えすぎていた。

先駆者たらんとする者は、背後に続く者に良い背中を見せる必要があるということだ。大学生活も残りわずか、まだ尊き責務を果たす機会はある。そしてそれこそが、俺にとっての本当の卒業制作なのだ。

未来樹　☆　14分前

「皆、聞いてくれ」

組合代表のイディアが、全員会合でそう発表した。

「四年生卒業記念冒険の行き先は、〈霧吹山《きりふきやま》〉に決定した」

その発言は、就活を乗り切り、解放感と優越感に浸りきっていた四年生ですら、怯《ひる》ませるものだった。だが、

「素晴らしいです。私たちが、皆さんを応援します。吟遊詩人《ぎんゆうしじん》の意思を継ぐ者のひとりとして、その活躍を歌にして、永遠に語り継ぎます！」

チアリーが感極《かんきわ》まって宣言したことで、弱気の流れはせき止められた。

今、臆病風《おくびょうかぜ》を吹かせば、流れに水を差す者となってしまう。

協調性に優れるがゆえ、そういう判断を共有しやすい集団であった。

ほとんどの者が、本能からの警告を無視するという選択をした。

「冒険組合が冒険をする。何の問題があろうか」

誰かが立ち上がって言うと、チアリーは「格好良いです！」と称賛し、男は鼻の下を伸ばした。

部員たちも、それまでの懶惰《らんだ》な日々をなかったことにし、拍手喝采を送った。

一体感が冒険組合を支配していた。

唯一クインだけが、理性から来る悪寒《おかん》を感じ取っていたが、理性は一度火が点《つ》いたチアリーを止める術《すべ》がないことをも熟知していた。

「話は聞かせてもらった！　そんな冒険は中止だ！」

突然、文化館の開け放たれた窓から、ケントマが回転しながら飛び込んできた。

驚く部員たちを前に、ケントマはイディアと対峙した。

「いかにも俺よ。イディア、〈霧吹山《きりふきやま》〉への冒険は取りやめてくれるな?」

こうして意表を衝《つ》き、生じた心理的隙に話をまとめるのはケントマの常套《じょうとう》手段なのだが、イディアには通じなかった。

「なぜですか？　どのような権利があって、私の創造性を否定なさるので?」

「危険だからに決まっておる。〈霧吹山〉は素人《しろうと》が、娯楽感覚で行く場所ではない。怪我《けが》人程度では済まんぞ」

「冒険一筋のケントマ先輩の発言とは思えませんね」

突然の状況変化に、部員たちは目を白黒させていたが、チアリーは怪しい中年男に敵意を抱《いだ》いたようだった。

「そうですよ。せっかくみんなやる気を出しているんですから、認めてあげるべきじゃないですか？」

心強い味方を得た学生らは、言葉には出さないものの、ケントマに否定的な目を向ける。

「先輩には悪いが、我々《われわれ》は自分の意思で物事を決めたく思います」

「ではせめて、経験豊富な者を隊長に据《す》えることだ」

イディアは鼻で笑った。

「先輩がその隊長を務めてくださると？　以前の新歓冒険であれだけの死者を出した、あなたの差配に従《したが》えと？」

ケントマは黙り込んだ。

「我々はあなたが考えるほど無能ではありませんよ。優れた能力と人格、判断力を持ち合わせるからこそ、就職難と言われる現代でも難関商会に多数内定を取ることができたのです。いつまでも後輩扱いはやめていただきたいですな」

そうだそうだ、と声が上がった。

ケントマは一同を見渡し、説得は難しいと判断したようだった。

最後尾で話し合いを黙って見学していたチタンに顔を向け、こうとだけ告げた。

「チタン、おぬしは行くなよ」

これにもイディアが答えた。

「ご心配なくケントマ。この計画は、就活戦線を勝ち残った者と、その心からの支持者のためのものですゆえ」

遠回しに、内定を持たぬ者は外す、ということをイディアは声明したのだった。

室内に笑い声が起こった。

ケントマはもうイディアを見もしなかった。

チタンは無言のまま、目を閉じていた。

馬鹿にされるのに慣れていたし、土台からして些末《さまつ》なことだった。

そして何より、気持ちがまったく動かない。

就活に敗退し、行き場所が見当たらなかった。

騎士号をとって公務に就《つ》く道も、とうに諦《あきら》めた。

そして今、就活戦線からも敗走し、戦士であることを手放した。

袋小路に、いた。

イディアが冒険計画を着々と進めている中、活動から完全に離れたチタンとヨミカは、獣医ビステマのもとを訪れていた。

†

前にシロを連れて行った際、血液検査をし、その結果が出たのである。

「やはり魔獣の一種と見なすべきだろうね」

曖昧《あいまい》な言い方だった。不安げな顔をしていると、

「魔獣も普通の動物も、基本は同じでね。魔的な素養《そよう》の有無は、どんな生物にもあるものだから。その中で、高い魔法能力を有するものが魔獣と呼ばれるわけだ」

「危険ではないと？」

「いいや、魔獣にとって魔法というのは生得的で本能的なもの、生きる機能の一部だから、いつどんなことがきっかけで人間に危害を及ぼすかは予想できない。逆に極《きわ》めて危険だと認識しておいた方がいいだろう」

確かにシロは特定の人間を前に、ひどく凶暴性を見せる。だがそんな時でも、魔的な出来事が伴《ともな》うことはなかった。

「それは環境問題だな。地上は地下に比べて魔力が乏《とぼ》しい。魔獣だろうが魔力が補給できる環境になければ、魔法は使えんさ。その石化も魔力欠乏が原因だと私は思うが」

「そうなんですか？」

シロを抱いて淀《よど》んでいたヨミカがぱっと顔を上げた。

「だから応急処置として、これを試して」

紙袋と小さな魔法瓶《びん》を取り出した。

「これは？」

「瓦斯《ガス》化させた魔力。空気穴をあけた紙袋に吹きつけて、短時間、呼吸させて。それで石化が緩和できるかも知れない。朝昼晩の、日に三度かなあ。やりすぎ厳禁ね。ただ魔獣についての研究というのはほとんど行われていないし、正式な治療法じゃあないから、そこは理解してくれるかね」

「これは危険な治療なんですか？」とチタン。

「普通の動物でも、たまに魔力の高い個体が不調に陥《おちい》ることがあるんだが、その際には同じ治療をするんだよ。たぶん大丈夫」

さっそく今、試してみることにした。

シロは紙袋を少しいやがる素振《そぶ》りを取ったが、強引に吸わせた。

紙袋をとられると、シロは目をぱちくりさせ、あくびを一度した。

「少し、落ち着いたかな？」

シロの態度は、いくらか改善が見られた、ような気がした。

「しばらく続けてみることだな。さて、それはそれとして、シロが魔獣だった場合だが」

ビステマは一度、咳払《せきばら》いをした。

「……私は、これは保健局に報告した方がいいと判断するよ」

本性を剝《む》き出しにしてビステマに食ってかかるヨミカを、チタンは苦労してなだめた。

「私とて医師だからね。見て見ぬふりはできんよ」

「そんなのひどい。人の心がない」

「うちの故郷では犬を食ってたからねえ……あまりかわいそうとかないんだよね」

「なぜ獣医をしてらっしゃるのか」

「さあ……もともと畜産の獣医だったんだがね、私は。途中で冒険なんてものに、ずいぶんと寄り道を……」

物思わしげに呟《つぶや》き、とにかく、と強く言い直した。

魔獣なら保険局。

「うえぇぇ」

普段、ヨミカが男に取り入るために使っている「ふえぇ」とは別の、もっと濁《にご》った、だみ声めいた、中年女の嗚咽《おえつ》にも似た「うえぇ」だった。でもそれは本気の感情だから、チタンには親身な同情をともなって聞こえた。

チタンに閃《ひらめ》くものがあり、伝話《でんわ》をかけた。繫《つな》がると、二、三言話して、ビステマに渡した。

「え、誰？　おお、ケントマかね……ああいや、魔獣と決まったわけじゃないから、法律どうこうじゃないんだが。ま、一般的に猛獣を飼うことは許可がいるのであって……うむ、まあそうなんだがね……」

伝話《でんわ》を戻された。

「あの男には、命の借りがあるから、仕方ない」

「それじゃあ？」

「もう少し様子を見るけど、何かあったら私の責任だなこりゃあ！」

どうしてシロは、魔獣なのに、犬なのだろうか。

帰路にはそんなことを話し合った。

地底で暮らしている方が、シロにとっては幸せなのかも知れない。

連れてきたのは、余計なお世話だったのかも。

「そうは思わないな、あたし」

ヨミカは言った。

「シロは、人間のことが好きだと思うよ。なんとなくわかる。地上にとどまることは苦しいけど、でも、大好きだった飼い主に会えるかも知れないわけじゃない？」

「そうだろうか。俺はシロが、前の飼い主に見捨てられた気がしている。処分するように言われ、一度は連れ帰ったが、他の犬、義理の兄弟ともいうべきを嚙《か》み殺してしまったものを……飼い続けられるはずがないからな」

ヨミカは無言となった。そこには異論がないのだ。

状況もそのことを示唆《しさ》している。

元の飼い主がいた土地の、すぐ近くといえる遺跡に、シロはうずくまっていた。

魔力濃く、奇々怪々《ききかいかい》なる地底世界に。

だがあの場所は、地上にも通じる、浅い位置だった。

捨てられたとして、迷い込んだとして、三〇年前。

いずこなりと行く時間はあったのだ。地の奥まで。魔獣たちの領域まで。

「飼い主とて、生きているかどうか。だがそれでもこいつは、一匹の犬の身にとどまった」

本当の生き方が別にあるはずなのにそれを拒み、窒息しながら犬のふりを続けている。

本当の生き方。窒息。

まるで、誰かのようだ。

その誰かを、毎日見ている。

誰かは鏡の中にいる。誰かは隣を歩いている。誰かで、世界は満ちている。

きゃん。

足下のシロが、鳴いた。

病院で魔力を吸わせてしばらくすると、シロの体調は目に見えて回復した。運動不足解消も兼ねて、籠《かご》から出して歩きがてら散歩をさせていた。

久しぶりに犬らしい好奇心を発揮し、あちらこちらを動き回っていたシロだが、足下に尻をつけてチタンを見上げた。

尻尾《しっぽ》を振って、
きゃん。

無垢《むく》に輝く瞳《ひとみ》で、また鳴いた。

「シロは、あたしよりチタンの方が好きかあ」

ヨミカが嬉《うれ》しげに言った。

なぜだろう、と感じた。

何かが引っかかっていた。シロのことで、何か。

本当の鳴き声は、咆吼《ほうこう》は、こんなものではない。これは、手加減したものである。

媚《こ》び、である。

だがいくら媚びようとも、シロは魔獣なのだとしたら。

「チタンが年上にばかり好かれるって言ってたけど、なんかわかるわ」

以前つい漏《も》らしてしまった恥ずかしい話を持ち出されて、思考が乱れた。それは確か、イデイアたちとつるんでいた頃である。悩みごとを打ち明けたことがあった。

女はなぜこうなんだろう、と母親の似たような悪癖《あくへき》を思いつつチタンは生返事を戻した。

「素朴《そぼく》だもん、あんた。でかくて不気味《ぶきみ》だけど、大人には見る目があるからそういうのわかるんだね。素朴って大事だと思う」

「そんなおぬしの生き方は、全然素朴じゃないんだが……」

「最近やっと理解できたの。人間は日々成長してるってことでしょ」ヨミカは道ばたの石を蹴《け》飛《と》ばした。運動神経は良いらしく、それはきれいな弧を描いて、遠くに飛んでいった。

「いいなチタンは、いいところがいくつかあって」

「おぬしにはないのか？」

「あると思う？」

「……お、おぬしは……容姿が、なかなか良いではないか。エルフには叶《かな》わないにしても、人間の女としては、かなり上の方だ」

言っている最中から、言ってしまった感、を覚えてしまった。己《おのれ》の無骨さを嫌《いや》と言うほど自覚しながら、それでも最後まで言い切った。

「おぬしは不特定多数にもてたいのだろうが、そんなのは中毒のようなものよ。人からちやほやされたいなどというのは。たとえ一位でなくても、いいものはいいのだぞ？　……俺は評価する」

チタンは相手の反応を待った。

「んー」

少し前を歩いていたヨミカが、歩みを止めて振り返る。夕日が顔をかすめ、繊細《せんさい》な感情を塗りつぶした。

ヨミカはひどく寂《さび》しげに笑い、泣きそうな声で言った。

「……あんがとね」

†

イディアの冒険企画書は、組合の所属者なら公式項から自由に閲覧できた。

その書類を一読し、ケントマはこう評価した。

「これだけ綿密な計画書は、なかなか見られるものではない。冒険計画書の手本にしたいくらいだ。イディアも困った奴だが、優秀なのは間違いないな」

そうと認めた上で、

「だがこの計算高さが通じるのは、あくまで通常の極地だ。〈霧吹山《きりふきやま》〉は魔の山。危《あや》ういと言うほかないな」

イディアの計画では、〈霧吹山〉北、もっとも気候が安定し、雪崩《なだれ》の危険が少ないとされる北稜からの登頂という、おそらくはもっとも堅実な経路を通ることになっていた。

北の峰《みね》は標高四九〇〇メーテル。

決して難攻不落ではない。大学生でも、適切な知識と経験があれば十分に頂きを狙える。

問題はここを経由し、続く中心の峰を狙わなければならないことだ。難易度は一気に跳ね上がる。綿密な荷揚げの計画が要求される。

計画ではその難関を、資本力と人材力で突破するとあった。

学生だけの力ではなく、各地の意欲はあれど登山費用を調達できない冒険者を集め、山岳専門の渡り職を何人も雇《やと》う。彼らに支援してもらいながら、大量の物資を北稜を越えて運ぶ。設置される野営地の数は、一二か所にも及ぶ。

経路工作も徹底的にやる。

それだけの費用をまかなうには、個人の力では無理だ。

イディアはコンドン商会を後援につけることで、本件を解決した。また予算の問題で冒険を諦《あきら》めた団体にも声をかけ、計画に吸収した。

野営地の数が多いことから、全ての部員に活躍の機会が与えられる。北稜に向かうための最初の野営地なら、標高わずか二七〇〇メーテルに過ぎない。

これは一般人の体力でも、到達はそう難しくない高度だった。

どうしても難しいなら、荷揚げは受け持たず、身軽に登れば良い。

単なる登山者であるが、実力もやる気もない学生にも参加させようとするなら、良い計画である。

あとは隊員の体力状況を見て、輪番にて最終野営地に入る人員を調整していく、というものであった。

必ずしも学生が、登頂せずとも良い。イディアの計画からはそうした意図が垣間見える。非常に現実的なのだ。

だが無論、学生で登頂を狙える人材がいるに越したことはない。

そんな者がいるか。

いる。

たったひとりだけ。

†

冒険準備の一体感を煩《わずら》わしく思ったチタンは、最近部室には顔を出していない。大学に行く用事もほとんどないとあって、事実上就活からも退《しりぞ》いた今、やることなどないのだ。

自宅で野菜の下ごしらえをしていると扉鐘が鳴り、来客を告げた。

「チタン先輩、お久しぶりです」

なんと来客は、チアリーとクインだった。

建物の外には、ロエルと他ひとりが付き従《したが》っていた。道案内兼、身辺警護だろう。

「……そなたか。どうした」

塩を舐《な》めたような顔で、チタンはロエルから目を外した。

「ちょっと大事なお話があるので、お邪魔《じゃま》してもよろしいでしょうか？」

「……駄目《だめ》ということはないが、今は」

チアリーは入ってきた。

そして出くわした。

「あ」

「あら」

ともに野菜の下ごしらえをしていたヨミカと、である。

「あらまあ、なるほど」

チアリーは納得したような顔をした。

「違うからな。そういうんじゃないからな」

「違うんですか？」

「違うとも。まとめて作った方が食費が安くすむから、大量に作って山分けしているのだ。決してそういうことじゃない。決して」

ヨミカがげんなりしたような顔でチタンを一瞥《いちべつ》した。

「そんな否定しないでもいいじゃないですか。まあ大学では言いふらさないですから、ご安心を」

「……そう願う。まあ、座ってくれ」

四人は卓に座り、話をすることにした。

「先輩、イディア君の冒険計画はご覧になりました？」

「全員閲覧ということで軽く目は通してあるが、俺は関係ないから熟読はしておらん」

それもケントマがどうしても見たいと言うので、代理で落としたに過ぎない。

チタン自身は、ほとんど読んではいなかった。

「つまり簡単に申しますと、勧誘です」

「はあ？」

ヨミカが苛立《いらだ》たしげな声をあげた。チアリーは一切動じず、太陽のような笑顔をヨミカに向けた。

「納得行かないと思いますので、補足します」

はじめてクインが口を開いた。

「つまり、経験者としてチタン先輩を評価しているが、内定者ではないので公然と誘うと他の部員の反感を買う、というのがイディア代表の考えです。ですので、チタン先輩の方から、参加を申し出てもらえないか、というのが彼女の意見です」

「はああ？」

ヨミカはクインに顔を振り向けた。

「……イディアがそう説得しろと言ったのか？」

いかにも奴めの言いそうなことだが、最低限の仁義として本人が言うべきことのようにチタンには感じられた。

「いえ、独断です。確認したのは、チタン先輩がもし頭を下げたら参加を許可するか、ということだけです。彼はする、と言いました。私も偶像の立場を忘れ、今は冒険組合の一員としてできるだけのことをしたいと思ってまして、チアリー耳本《みみもと》個人として伺いました」

まるで正々堂々生きています、のような態度をとられ、チタンは困惑した。

頭を下げる？　俺が？

嘘《うそ》だろう？

「難しいでしょうか？　本気で頭を下げる必要はありません。あくまで形だけ、体裁《ていさい》だけの話と思ってくだされば」

そしてチアリーはこう続けた。

「それでみんな納得します。経験者が加われば、みんな安全になります。もしチタン先輩が登頂に成功すれば、組合の誇りともなり、みんなの良い思い出になると思うんです」

悪人ではないのだ、とチタンは理解した。

ただあまりにも強すぎて、まっすぐすぎて、少々の現実など生まれ持ったものだけでねじ伏せてきたがために、時に躊躇《ちゅうちょ》なく圧倒的な正義を振りかざすことができてしまうのだ。

「……悪いが、それはできん」

「理由をお聞かせいただけます?」

「俺が小さい人間だからだ、と伝えてくれ。たぶん話しても、おぬしには理解できん」

チアリーはそれからも食い下がったが、チタンは首を縦には振らなかった。

「……わかりました。その件は諦《あきら》めます」室内の一触即発めいた空気が、ふっと緩《ゆる》んだ……のもつかの間。「もう一件、クインお願い」

「実はもう一件、お願い……というか、伝達があります」

クインは笑顔ひとつ浮かべず言った。

「シロの具合はどうでしょうか?」

「……今はだいぶ元気になったけど、それが何か?」

ヨミカの声はかすかに震《ふる》えていた。

「すでに〈霧吹山《きりふきやま》〉入りをしている外国の隊で実際にあったことなのですが、連れて行った犬が危険を察知したという話がありまして」

その話なら報道番組で観た。

魔的な素養《そよう》の高い犬が、山から接近する魔性崩落《ましょうほうらく》を察知し、飼い主に避難を促《うなが》すことで隊全体を救った、という話だ。

チタンは気付いた。

なるほど。あやかりたいわけだ。

「それも、みんなが望んでいるのか」

クインはうなずいた。

取り合うことも馬鹿馬鹿しいほどの、まっすぐさだった。みんなのために。みんなの充実のために。

腹が立つというより、ただ悲しかった。

社会から全否定された者の悲しさだった。

「あやつらからすれば、悪意で言っているのではなかろうが……」

次にクインが言うことも、だいたい想像がついた。

「一応、シロは組合の犬ですから、お願いということではなくて、つまり」

冷静な彼女が、はじめて言葉を詰まらせた。

「ああ、わかるさ。命令なんだろう」

「先輩がシロの面倒をみていたことは知っています。ただこれについては、組合側《がわ》の言い分の方が世間的には、正しいということになってしまうと思います……その、ごめんなさい」

クインは深々と頭を下げた。

「あんた、シロを蹴飛《けと》ばしたの？」

腕と足を組み、ふんぞり返っていたヨミカが、横柄《おうへい》な口調でチアリーに話しかけた。

「え？　蹴った？　ああ、あの時の……」

「実際、どうなの？　蹴《け》ったように見えたって人もいるんだけど？」

「蹴ってないですよ。蹴ろうとしたことは事実ですけど」

淡々とチアリーは説明する。

「どうやったらそれを信じられる？　シロはあんたたちに吠えてる。いじめたから、嫌われたんじゃない？」

違うな、とチタンは思った。

「あのー来倉《くるくら》さん、でしたよね？　それ答えられるんですけど、あなたのその様子だと、どう説明しても納得できないんじゃないですか？」

「いいから答えて！」

卓をてのひらで叩《たた》く。

決然とチアリーの目を見据えた。

「いいですよ、じゃあ答えます。この子が撫《な》でようとしたら、突然シロが吠えてきたんです。あのすごい声で。だから私、友達を守るために蹴っ飛ばそうとしました。でも私、わりと運動苦手なので、外しまして、結果的につま先もかすめてません」

クインも顔をヨミカに向ける。嘘《うそ》ではないようだった。

「さあ答えましたよ。納得してくださいますか？」

「できると思う？」

ヨミカはもう心の余裕がなくなっている。

対してチアリーは余裕綽々《よゆうしやくしやく》。

最初から勝負になっていなかった。女同士の馬乗り合戦で、ヨミカに勝ち目はない。精神面でもそうだし、容色の面でも。

最大の力量差は、面《つら》の皮の厚さにあった。

「というか、あなた他の大学の人ですよね？　こちらは通す必要のない筋を通したんですから、このくらいで引き下がりませんか？　意味ないですよ、この言い争い」

ふたりはしばし、睨《にら》み合っていた。

やにわにヨミカは卓上の茶碗を取り、その冷めた中身をチアリーの頭に注いだ。

クインが息を呑む。チタンは呼吸自体を止めていた。

チアリーは笑ったままだった。

「……じゃあ、それで気が済んだ、ということで」

ヨミカは答えない。言葉が出ないから、手が出たのだ。

どちらが勝利者かは明白だった。

「あとでイディア君から連絡が行くと思うので、やりとりは彼としてください。私たち、あの犬にはあまり近寄りたくないので」

チアリーは茶を拭《ぬぐ》うこともせず、立ち上がった。

そしてヨミカの方に回り、卓に片手をついて教え諭《さと》すようにこう告げた。

「あなたがエルフであることは、学校では秘密にしておいてあげます」

ヨミカの目が見開かれた。

「見隠しの魔法、あまり腕の良い美容院じゃないですね、それ。わかる人にはわかっちゃうんじゃないかと。もしかして自分でやってたりして。そういう大きな手直しは、ちゃんとしたところでやった方がいいですよ」

ヨミカはうつむいたまま、言葉ひとつ返さなかった。

「じゃあ、先輩そういうことで、失礼しました」

チアリーが揚々《ようよう》と出て行き、次いでクインが「本っ当に申し訳ありませんでした」と疲れた顔で低頭し、あとに続いた。

チタンはヨミカの方を横目で見た。

耳は短いように見えた。身隠しの魔法。

女の顔のいじりようといったら、男の目からは信じがたいことまでやる。目を大きく描いたり、瞳膜を入れて目の色を変えたり、肌の色を調整したり……。

「……本当は、何歳？」

「一一二歳」

ロエルより年上。

「理由を聞いても良いか」

「……話すの、しんどいんだけど、全然想像できない？」

想像、してみる。

というより、思い出した。つい先日のことであったから。

容姿がなかなか良い。エルフには叶《かな》わないにしても、人間の女としては、かなり上の方。

「はい正解。今思ったので絶対正解」

ある種の拳闘技は、体重別の階級制を採用している。体重の軽重が強さに与える影響は大きい。だから減量して階級を落とすことは、相対的に有利になるのである。

ヨミカがやったのはそれだ。

階級を落として、戦おうとしたのだ。

チタンはとっさに気の利《き》いた慰《なぐさ》めを言えなかった。知らぬこととはいえ、失言をしてしまった。というより、弱点に会心の一撃を叩《たた》きこんでしまったようなものだ。

謝罪して済むとか、そういう次元ではない。

悲しい劣等感が、ただひたすらに在る。

どうしようもないことが、山となってそこにある。

ヨミカが顔を下に向けたまま、嗚咽《おえつ》を漏《も》らした。

チタンは立ち上がり、女の肩に手を置く。

「ぬあぐえあいああい」

何を言っているのだか意味不明だった。おそらく慰《なぐさ》めはいらないとか、そのあたりだ。

「攀《よ》じれ」

「……は？」

「目の前にあるそのでかいのを、攀じ登《のぼ》れと言った」チタンは続けた。「登頂しろ。それで征服だ。そして、向こう側《がわ》に下りて歩いて行け。また道は続いていくから」

「何が？　え、登頂？」

ヨミカは涙目のまま、混乱に放り込まれていた。

「それしかないんだ。岩の登り方も知らない連中に、簡単に泣かされるな」

「………」

「シロのことも心配いらん。かわりに俺が行ってやる」

「えっ！」

「だから、その、そういうことだ！」

言い切った。が、その直後の重い沈黙に耐えきれず、チタンは便所に逃げた。

一五分、こもった。

「俺はどうしてこう……大事な局面でいつも……」

なんとか立て直して出てくると、ヨミカはすっきりした顔をしていて、安堵《あんど》した。

「あたし、行くわ、シロ連れて」

「……いいのか？」

「もしかすると、シロにとっては居心地《いごこち》の良い場所かも知れない。だけどあいつらには任せておけないから、一緒に行って監視する」

「だったら俺も……」

「あんたが行ったら精神的敗北じゃん！　悪くないのに、頭下げないといけないんだよ？」

ヨミカはぷんすかした。

すっかりいつもの彼女だった。

「ひとりで大丈夫。どうしても困ったら、誰か一対一の状況に持ち込んで魅了《みりよう》して、味方作るから」

それはできたらやらんで欲しいなあ、とチタンは思ったが言えなかった。

「あんな取り澄ました連中が、山でびびらないわけない」拳《こぶし》をてのひらに打ちつける。快音が響いた。「あいつらの泣き顔、眺《なが》めに行ってやる」

†

久しぶりに大学に行った。

シロのことで、ヨミカが部室に打ち合わせに出る機会が増えたからだ。

せめて部室では、彼女をひとりにすまいという判断。

しかしヨミカは部室で堂々たる振るまい。あのチアリー一派とも笑顔で挨拶《あいさつ》（冷気は漂《ただよ》ったが）。チタンの方になど話しかけにも来なかった。結果、ひとりで漫画雑誌を読んだり、実験の日々に自我を崩壊させたルターを労《ねぎら》ったりするしかなかった。暇《ひま》であった。

「んじゃ、行ってくる！」

一週間後、ヨミカはイディアらとともに、張り切って冒険に向かった。

残存組はごくわずか。

誰かが一日一度は部室を管理する必要があり、結局それはチタンの仕事となった。

ルターとふたりきりかと思いきや、夢から覚めた男たちや、エルフを疎《うと》ましく思っていた女子らもおり、たまに皆で札遊びを楽しんだ。

居残り組にはロエルもいた。

冒険に同道しなかったからどうしたのかと思っていたが、自宅で引きこもっていたらしい。

その室内系黒エルフが、ある日、憑《つ》き物の落ちた顔でふたりのそばに立った。

「おおロエル。久しいな。引きこもっていたそうだが、どうした？」

「……冷めた」

ロエルはどっかと長椅子《ながいす》に座った。

「おいおい、どうしたのだ?」

ロエルは周囲を見渡した。近くに誰もいないことを確認すると、こう告白する。

「……チアリーな、イディアと付き合ってる、らしい……」

口を半開きにして涎《よだれ》まで垂らしていたルターが、びーんと半身を起こした。

「まことに!?」

「ああ……なんか……そういうことになったらしい……経緯はよく知らないが、俺は単なる愛好者に過ぎぬから、対等じゃないし……イディアは対等らしくて、俺は、もう駄目だ」

ロエルは少し壊れた感じだった。

だが被害は少ないと言うべきだ。

エルヴィンと握手するため、貯金数百万をはたく者もいるのだから。

「早いうちに夢から醒《さ》めて良かったではないか。偉いぞロエル」

「やはり女は淫売《いんばい》。これは確定だ」

以前のロエルの口ぶりが戻ってきて、チタンはますます嬉《うれ》しかった。

「あー、そういえばぬおし、就活の方はどうなったよ?」

「うむ。全滅した」

満面の笑《え》みで、チタンは答えた。

ロエルもまたにやりと笑う。

「留年しろ留年。まだまだ遊び足りんという、夜の神アラドゥラの思し召《おぼめ》しよ」

「邪悪《じゃあく》な盗賊の神ではないか、そいつ」

「おまえら人間からするとそうだろうが、俺らからすると——」

懐《なつ》かしいやりとりにチタンが目を細めた時だった。

誰かが観ていた報道番組の内容が、不意に耳に押し入ってきた。

『ただいま入った情報です。〈霧吹山《きりふきやま》〉を冒険中の宮廷大学の学生二四人が遭難したということです。〈霧吹山〉で大学生集団が遭難しました。詳細は今のところ——』

†

詳細は、こうである。

北稜までの拠点作り、経路工作は予定通り進んだ。

学生のうち、二〇人、さらにチアリーとクイン、ヨミカを含む三名も北の峰《みね》を登頂に成功。

北の峰から〈霧吹山〉を攻略するための土台作りは、極《きわ》めて順調だった。

余力を残し隊は南進した。

北稜の頂き、四九〇〇メーテルまで上げた荷物を背負い、前人《ぜんじん》未踏《みとう》の下山を行った。

峰と峰の中間、標高にして三八〇〇メートルほどに広い平面に近いゆるい斜面が広がっている。そこを目指した。その先には再び急峻《きゅうしゅん》な山肌が立ち上がり、五〇〇〇メートル上の真の頂上まで過酷な道なき道が続く。

このゆるい斜面を、中継野営地とした。

班をわける。

北の峰の向こうとこちらを往復し、中継野営地にひたすら物資を運ばせる班。

先攻して経路調査や工作を行う、先遣隊。

そして攻略をかける五隊。学生はこの五隊に分かれて配属される。どの班にも、熟練の冒険者が複数加わる。

またチアリーとクインが連れてきた特番取材班もいて、ふたりが学生であることを伏せながら番組を撮ることになっていた。こうしたことでさらに予算もつき、隊の装備は最高級品が選ばれている。

万全の布陣であると思われた。

早朝、先遣隊が出発。これは三隊がある。

学生に死者を出さぬよう、最適の経路を選択するためのものだ。大手企業や芸能事務所が後援について、はじめてここまでの慎重策をとれる。

また同時刻、物資運搬班も行動を開始。

来た道を戻り、北の峰《みね》をまたいで物資を取りに行く。

この瞬間に限って、中継野営地には学生ばかりとなった。

だが天幕を設置し、それなりの物資を置き、特に雪崩《なだれ》の心配もない場所では、警戒の必要もそうはないはずであった。

だが、この中継野営地にいた二四人は消えた。


発見したのは、夕刻前に戻ってきた先遣隊だった。

緊急連絡が飛び、全隊が中継野営地に集まり、行方不明者の捜索を行ったが、見つからなかった。現場に残されたわずかな痕跡《こんせき》から、彼らは突発的に発生した魔性《ましょう》の霧《きり》に呑まれたのではないかと言われる。

解呪期とは言うが、要するに山の内部で一時的に魔力を発生させる活動が低下したに過ぎない。濃度は薄くとも噴出した霧は、空気より重い性質上、斜面を下り底部で沈殿《ちんでん》する。

斜面を下る最中は、特に魔的な作用が練られやすいと言われる。摩擦《まさつ》などの刺激が増大することで、偶発的な〝施術〟が起こりやすくなるのだ。

それによって、具体的にどういったことが起こるのか。

誰にもわかりはしない。この世の基本的な成り立ちからくる、逃《のが》れようのない混沌《こんとん》だ。

遭難が報道された翌日夕方。

「頭痛はあるか、チタン？」

「まったく問題ない」

ケントマとチタンを含む救助隊が、〈霧吹山《きりふきやま》〉北稜、四九〇〇メーテル地点を踏んだ。

†

「本気で行くのか？」

ロエルが問う。

「ああ、行く」

「おぬしらは……嫌い合っていたような気がするんだが？　犬のことか？　犬が心配なのか？」

「まあ、それもあるがな」

番組の直後、ケントマが大学を訪れた。完全装備で。

言葉を重ねる暇《ひま》はない。ただ一言、

「来るか」

誘った。

「行こう」

即答した。

止めたのは、ロエルだ。ルターは無言でいた。

いけ好かない連中のために、命を張るのか、と口を尖《とが》らせた。

「いや、俺とてそこまで奴らが憎いわけではないが、本職に任せておけば良いではないか。場所も場所だ。羽ばたき飛行器で救助に行くとか、いろいろあろう」

「無理だ。〈霧吹山《きりふきやま》〉の上空一帯は、たとえ解呪期でも大岩を吸い上げるほどの烈風が吹いている。とても侵入はできんよ」

ケントマが説明した。

歩いて行くしかないのだ。危険な魔性《ましょう》地帯を。

ロエルは不思議《ふしぎ》そうな目で、チタンを眺《なが》めた。悪友が突然、人並みに立派なことを言い出して、取り残されたような気分を味わっているのか。

「なぜだ」

疑問と困惑がこもごもになった、問いかけだった。

扉が開いて、細い男が飛び込んできた。ヤンゴーンだ。すぐに部室の緊迫した空気に呑まれ、口をつぐむ。

「なぜだ」

もう一度、ロエルは口にした。

なぜか。

チタンは考える。真剣な問いだから、真剣に考えた。

「……おそらくだが、人は皆、三つの道を選ぶのだ」

地底のうなりのように低い声で淡々と、答えを探るようにゆっくりと話し始めた。

「ひとつは騎士。何かに仕《つか》える道だ。人でも良い。国でも良いさ。貧しい子供らのために身を粉にすることもそうだ。公務員にでもなれれば、生涯安泰《あんたい》だ。俺もなれるものならなりたかった。もっとも安定した人生だと思う」

ケントマは壁に身を預け、かすかな微笑をたたえながら、弟子と見込んだ男の語りを見守っている。

「だが誇りをかけて守るべきものなど、そうは見つからん。だから第二の道を、ほとんどが選ぶ。それが戦士だ」

チタンの声は、次第に明瞭《めいりょう》さを帯びていく。

「戦士は、騎士ほど誇りは持たん。だから体面《たいめん》や名誉を捨て、時には自分すら捨てて、民間企業に就職することができる。誇りを捨てて戦えるなら、誰もが戦士だ」

片手で口元を押さえるように、ロエルは考え込んでいる。聞き入っている。

「そしてこのふたつになれぬ者がいる。この者たちは、軌跡の上をただ走っていれば、そここそ幸せになれる人生にすらありつけない。そこを、降りるしかなくなる。そして自分の力で道を切り開いていかねばならなくなる。それを」

今やチタンの声は、力強く響いていた。

「それを、冒険者と呼ぶのだ。山を攀《よ》じるから冒険者なのではない。道なき道を行くから、そうなのだ」

大男は、室内にいる全員を眺《なが》め渡した。

「俺は、冒険者だ」

よく言った。ケントマが小さく口にし、拳《こぶし》を握った。

「ロエル。俺にイディアのような才能はあると思うか？　あやつのようになる可能性が？」

黒エルフは頭を振った。

「ないな」

「冒険者としての才能ならどうだ？」

「そっちは売るほどあるのう」

ルターが笑った。

言いたいことは言えた気がした。

「やれやれ、英雄すなわち無職みたいな暴論をぶちあげおって」

ロエルが頭をかきむしった。らしくない自分の破片を、振り落とすように。

「わかった。この俺も手伝ってやる」

などと言い始めた。

「何を手伝うのだ、くそド素人《しろうと》だが？」とルター。

「い、いちおう冒険の経験者だろう、我《われ》らは！」

「半分、気絶しとったがな」

「なら魔法だ。俺は希代《きたい》の魔法使いだ。数々の魔法の道具も扱える」

「それなら、より実践的なやり方で俺もできるがな」

ケントマが苦笑した。いちおうは、魔法剣士という職になるらしい。古い制度では。

「私も力を貸す！」

事態をはらはらと静観していたヤンゴーンが、今こそ我の出番ならんと感極《かんきわ》まった様子で叫んだ。

†

先遣隊と調達班が去ったあとの野営地で、最初に異変を察知したのは、シロではなくヨミカ来倉《くるくら》の方だった。

降りてきたばかりの北稜を背に、目の前に聳《そび》える巨人のような〈霧吹山《きりふきやま》〉の北壁をひたと睨《にら》んでいる。

山の先端は強風にあおられ、巨人が天に吐くような雪煙《ゆきけむり》を絶えず吹き上げている。

全貌を視野に収めると、その岩肌や氷壁《ひょうへき》には早くもちらちらと瞬《また》くものが見つかる。それは魔によってかりそめの命を与えられた、物質なのであると知っている。

危険な土地である。

物質が物質としての輪郭《りんかく》を失い、信頼しがたいものへと還元されてしまう。

解呪期でこれだ。

活動が活発な時期は、生きた人間でもたちまちかりそめの命に戻してしまう。腕は蛇《へび》のように、足は地虫のように、体は臓腑《ぞうふ》ごとに別々に蠢《うごめ》き、どれもがすぐに息絶える。万物《ばんぶつ》を命にするものは、すでにある命をも分け隔《へだ》て無く解体する。

ヨミカの故郷にも、これほどではないにしろ、危険な土地がいくつもあった。

道を間違えれば命を落とすような土地を、先祖代々のものと守り続けていたのが、ヨミカの国だ。貧しく、産業もなく、財なきエルフの部族に生まれた者がそうするように、森渡りとして雇《やと》われるための軽業を学んだ。だからヨミカは、森を渡れる。危険も見抜ける。腐ってもエルフであり、魔の素養《そよう》は血が秘めている。ヨミカは使えないが、本能は告げていた。

ここから離れろ。

強風。

強い風が循環している。岩でも巻き上げるといわれる烈《はげ》しい風。

何週間もかけて、同じ箇所に戻ってくることもある。解呪期前に吸い上げられた霧《きり》が、もうあと数十分のうちに戻ってくる。魔の先触《さきぶ》れは、もうすでに来ている。低きに流れ込もうとしている。

「イディア、ちょっと」

事情を話した。しかしイディアは笑い飛ばした。

「経験者が平気だと保証した場所がここだ。考えすぎだ、ヨミカ」

出会った頃は、なんと優れた、完成された人間だろうと心酔しかけた。

でも今は、そんな思いは抱《いだ》けない。あまりにも自分に自信がありすぎて、判断を見直すことのできない人間だった。

どのみち、学生の集団を短時間で避難させることはできない。

ヨミカはできることをすることにした。

携帯であらゆる知り合いに伝言を飛ばした。

そして張られた天幕をひとつひとつ確認し、固定を見直し、あるいは強化した。外に出ている物資は天幕に放り込んだ。気温は摂氏二〇度。夜には零下二八度にも下がる。それとてどう変化するかわからない。食料や着替えを失うわけにはいかなかった。

「食料分散するから、よろしく」

チアリーの天幕にも背負い袋をひとつ放り込んだ。それはチアリーの顔面に直撃した。

「……なにあの子？　意味わからない」

天幕を全て見回る前に、異変は兆《きざ》した。

さきほどまでの碧空《へきくう》が忽然《こつぜん》と退《しりぞ》き、乳酪《にゅうらく》のような濃い霧《きり》が視界を埋め尽くしていた。おそろしく足の速い霧は、頭上から叩《たた》きつけるように野営地を直撃した。

「天幕に入って！」

警告を発し、シロを抱《かか》えて天幕に飛び込んだ。

うぉん。

シロがかすかな異変を感じ取って鳴いた。


布越しに、学生たちの混乱が伝わってくる。

それとは別に、得体の知れない囁《ささや》き声が、足下から響いてくるようだ。精霊の囁き。惑《まど》わしの魔法にかけられた者が聞く幻聴だが、古くは精霊の声だと言われていた。

あの霧は人を惑わすのだ。

まずい、と思った。

魔法抵抗値の低い者からやられる。

悲鳴が聞こえた。反射的に、ヨミカは登山斧《おの》を手に取る。

こういうことは、もうまっぴらだと考えて都会に来たのに。

「シロ、もしどうしてもになったら、逃げてね」

その首輪を外す。

過酷な場所で解き放つことに対する心配はいらなかった。

シロがただの犬でないことは、ここまでの道のりでわかっている。

山の薄い大気も、人間なら気分を悪くするほどの魔力も、ものともしていない。石化しかけていた脚も、すっかり自由に動いている。

むしろシロにとっては、地上の無魔法環境の方が過酷なのだ。

天幕を飛び出た。

一メーテル先もろくに見通せないほど、霧が深く立ちこめていた。

「……やばー」

すぐに大気筒を装着すべきだった。だが装備置き場がわからない。

ヨミカは治癒魔法の効き目も明らかに悪いほどで、魔法抵抗値は高めだ。しばらくは平気だろうと自分を励まし、悲鳴のする方向に駆けた。

きゃん。シロがついてきた。

目端《めはし》を小さな影が横切る。とっさに斧をふるうが、当たらない。とっさに逆に構え、石突の部分を打ち込む。当たった。

小さな魔は、けたたましく笑いながら砕《くだ》け散った。

笑うはずがない。幻聴だ。

さっきの天幕を目指す。

うぉん。

とっさに、足を止めた。

三メーテルほどの亀裂《きれつ》の手前に、ヨミカは立っていた。

ほんの一〇分前まで、存在しなかった亀裂だった。裂《さ》け目の底は虹色《にじいろ》に輝いていた。

「ありがと、シロ」

犬はぴったりとヨミカに従《したが》っていた。頭を撫《な》でてやる。

そっと後ずさった。駆け回るのは危険だ。

そして立ち尽くした。

霧《きり》はもはや実体をもって立ちふさがる白塗りの壁のようだ。

悲鳴はそこここから聞こえていた。嘲《あざけ》りの笑いも聞こえた。

〈東都《とうと》〉に出てきたばかりで、人との距離感がわからず、何度も失敗をした。好かれていることに気付かず、曖昧《あいまい》な態度をとって揉《も》めたことも一度や二度ではない。親しげに接してきた相手から、いきなり面罵《めんば》されることもあった。考え方がゆるやかにしか変わらないエルフにとって、人間という種族の速度は、あまりにも慌《あわ》ただしすぎた。てゅーか人間の男、すぐ女好きになりすぎ、中身も知らんうちに本気になりすぎ、愛想《あいそ》良くされただけで勘違いしすぎ、女のことくらいで友達と絶交しすぎ。

淡い好意を向けられている状態が、一番落ち着く。こちらの準備が整うより早く、距離を詰めないで欲しい。でもそういう曖昧で並列的な態度は、淫売《いんばい》のそれなのだと言われた。

淫売っておまえ。

その種の面罵が、なぜか今聞こえていた。

あたしも悪いんだろうけど、淫売っておまえ。

「天幕を倒せ！」

誰かがそう叫んだ。イディアだと思われた。なぜ天幕を？

「食われるぞ、みんな天幕から出るんだ！」

天幕は人を食べたりはしない。普通は。

きつい幻覚に襲《おそ》われているのかも知れなかった。

だが天幕を倒してしまったら、露営《ろえい》はどうするのだろう。

固いものを打ちつける音が、聞こえてきた。天幕が倒されていく。よりどころを自《みずか》ら破壊する音だった。

本当にまずい、とヨミカは思った。恐ろしかった。

どこか安全な場所で、うずくまりたかった。

それはこの場にいる誰もが、思っていることだった。

皆が安全な場所を求めていた。

ヨミカはなんとかひとつの天幕を見つけて、中を調べた。中で抱き合って震《ふる》えていたチアリーとクインが、ヨミカの姿を見て、ひきつるような叫びを上げた。

　ぐらり、と足下が滑る感覚が生じはじめた。

　卓布《たくふ》を上の食器を倒さずに引き抜く芸があるが、まさに大地でそれをやられているようだった。平衡感覚が失われ、ヨミカは真横に落ちていくような感覚を覚えた。

　安全な場所を求めて全ての者が、同じように真横に落ちていた。

　しばらくして、ヨミカは目を覚ました。

　そこは、あたたかな暗黒の中だった。

　自分がどこにいるのか、見当もつかない。目を開いているのか、閉じているのかさえ判然としないほどの闇《やみ》だ。

　腰にさげていた手持ちの光筒をつける。側面の遮光板を開くと、手提げにして使える。周囲を照らした。

　臓腑《ぞうふ》のような、赤い岩肌に囲まれている。

　悲鳴はあげないよう訓練を受けているが、あげそうになってしまった。

　斧《おの》を手にしていることに感謝し、周囲を探った。

　何人かが倒れていた。学生だ。

　チアリーたちもいる。イディアも。

　うめき声がしていた。何人かは身を起こしはじめている。

光筒を頭上に掲《かか》げた。

おそらくは洞穴《どうけつ》の中なのだろう。大学の廊下ほどの広さがあり、長さは前後に果てしなく続いている。少し歩いてみる。

うっすらと霧《きり》が漂《ただよ》っていた。濃霧というほどではない。

力を使い果たして、薄まったかのようだ。

さらに進む。

弱々しい光が、突如赤壁を押しのけたように思えた。実際には、洞穴から広い空間に抜けたらしかった。

三〇〇ラーメンだかラクスだかの高性能光筒らしいが、果てしない闇を照らすにはどうにも心許《こころもと》ない。

いや、光筒が及ばぬ遠い向こう側に、うすぼんやりと浮かび上がるかすかな光がある。うっすらとした赤い光は、巨大な人工物の輪郭《りんかく》を縁《ふち》取っていた。

「……都市?」

理解しがたい状況だった。雪山のただ中にいたはずだ。濃霧に包まれ、地滑りに巻き込まれたかと思った次には、洞窟《どうくつ》に転がっていた。

「流された……わけないよね」

地滑り、というのは記憶を刺激する。

転移魔法の前兆として、そういうことが起こると聞いたことがあるからだ。

転移は先史文明では存在し、現代では普及していない数少ない魔法のひとつだ。

制御を誤《あやま》れば、転移時に人と物が融合したり、石の中へ埋没した形で現れることもある。厳密には瞬間移動とは異なる。高濃度の魔力に包まれた対象を分解する、霧状《きりじょう》となったそれを運び去り、目的地で実体化させる。

高濃度の魔力自体が人によっては有害であるし、移動途中の霧が外的影響を受けることも致命的である。そして実体化となると、危険度はさらに高まる。

技術的には現代でも再現は可能なものだ。

安全性の問題から、いまだ実用化にはほど遠い。

学生たちが安全な場所に逃《のが》れることを望んだ結果として、転移なのだろう。だが状況は決して良いとは言えなかった。

現在位置がわからないのだ。

装備もろくにない。

温度が高く、防寒着は必要なさそうなことが救いだった。

だがヨミカの森渡りとしての本能は、依然として危機を訴えている。

ふと光筒を横にずらす。

光はあらたなものを照らし出した。

巨大な菌類と思われる背の低い森が、横合いに広がっていた。菌類の森は、地面からではなく面する壁にも生《お》い茂《しげ》っていた。

中でも茸《きのこ》の一種と思われる群生の、光にぼんやりと照らされた生白い柄《がら》が、ヨミカの生理的嫌悪感を刺激する。そうした菌類の森はちょっとした民家ほどの高さしかないが、どこまでも広がっているように思えた。

生態系がある。

その事実は、ヨミカの背筋を冷気を携《たずさ》えて這《は》い上がった。

「あいた」

一歩下がろうとして、足下の何かを踏みつけた。

光を落とす。ヨミカは息を止めた。

頭蓋骨《ずがいこつ》を、踏み砕いていたのだ。

†

中継野営地に到着したケントマラは、惨状を目の当たりにした。

現場に張られた天幕の多くが、なぎ倒されるか、叩《たた》き潰《つぶ》されていた。地面は高熱で溶かされた直後のような有様で、ここそこに拭《ぬぐ》いきれない血痕がまき散らされていた。

現場を維持していた隊員が、チタンに話しかけてきた。

「いや、俺は学生なので、彼に話してくれるか」

疲労の色濃い隊員は、ケントマに現状を説明した。

学生四三人のうち、先遣隊と荷運び班に分散していた一〇人は無事。

七人は北東方面の急峻《きゅうしゅん》な山肌に自《みずか》ら身を投じ、四八メーテル下の岩溝付近で動けなくなっているところを保護された。全員重傷。

残る二名がひどい。野営地で災害に巻き込まれ、重体。原因は不明だが、手足の一部が風車に巻き込まれたような、無残な傷口だった。

魔法により治療が行われているが、まだ動ける状態ではなく、負傷者は安全確保に不安の残る現場で、天幕に寝かせられている。

先遣隊によって二四人の捜索が行われているが、忽然《こつぜん》と消えてしまった彼らが、どの方角に迷い込んでしまったかもわからない状況だと言う。

「場所はわかっている」

ケントマは持参してきた巻き地図を、地面に広げた。

〈霧吹山《きりふきやま》〉付近を再現した、広げると浮き上がる仕組みの、立体地図だった。山を見るならこれがわかりやすい。

「現在位置はここだ。そして学生たちは、このあたり」

中央峰の中腹あたりを指で叩《たた》いた。標高はそう高くない。四〇〇〇~四五〇〇メーテルほどだろう。

「携帯からの位置情報が、そのあたりを示しているそうだ。魔的に乱れた環境のため、確実なものではないそうだが、どうも山の内部にいるようだ」

可能性としては、自らそこに逃《のが》れたというもの。だがこれはまず考えられない。

次に、混乱に陥《おちい》って長距離移動してしまったという可能性。これも二四人が一斉に移動をする煩瑣《はんさ》な手間暇《てまひま》を考えると、現実味はない。

三つ目の可能性として、自然転移が起こったというもの。

「俺はこれだと睨《にら》んでいる。転移らしき痕跡《こんせき》も、確認した」

隊員らは不安げに顔を見合わせた。

それは学生たちが、未知の場所に、瞬時に運ばれてしまったことを意味する。

「ケントマさん、それでは助けられない」

残存隊員の代表が口にした。

「我々《われわれ》がもっとも危険な経路を調べる」

隊員たちは、考え込む顔つきになる。ケントマ・ロウと言えば、この世界では、神話上の人物に近い。いくつもの極地から生還し、史跡を発見し、厳しい条件で挑《いど》む競技的登山の方面でも勇名を轟《とどろ》かせている。金銀財宝を持ち帰ったという、絵に描いたような冒険譚の持ち主でもある。

「わかった。ケントマさん、あんたに従《したが》おう」

†

ケントマたちの救出班は、最難関経路を通ることに決まった。

人選が再編された。

ケントマたちの隊を二つに分け、別々の道を捜索することになった。

まずはケントマを隊長とする、チタン、ロエル、ルター、それに熟練冒険者のワグチカという人物を加えた一班。

残りの者は二班。こちらは全員が熟練冒険者だ。

これに計画当初から参加していた人員が、三隊。

合計五隊が朝から捜索を開始することになった。

「おぬしら、本当に行くのか？」

夜、チタンは体力面で不安のある悪友たちに尋《たず》ねた。

「とりあえず勢いでここまで来ただけで、ひとまず義理は果たしたぞ」

「貴様、大魔法使いの俺を舐《な》めているのか？　最後まで付き合うぞ」

「平気じゃろ。わしら経験者だし」

「気絶中の経験者だ」

「我《わ》が魔法の助けはいらんというのか、チタン」

着火に五分かかる魔法の助けを、どう用立てたら良いのか、チタンは迷った。

「わしは道具が修理できるぞい」

うーむ、とうなる。使えるような、使えぬような。

「まあ、無理はしないでくれ。二重遭難になったらえらいことだからな」

大丈夫大丈夫、とふたりは請け負った。

そしてそれぞれの装備の点検をはじめた。

冒険組合の一員であり、一応最低限度の冒険知識はあるのだが、どうにも心配だ。

だが少人数で行って、もし手が足りなかったら、ということを考えると、今はふたりの力でも借りたいのは確かだった。

世の中、このように必ずしも万全とはならない状況がある。

それを知りつつ、危険に踏み込まねばならない時がある。

なんとなれば、俺がやるしかないぞ。

チタンはひとり、心に熱いものを滾《たぎ》らせるのだった。

「殿下《でんか》には悪かったのう」

部室に来た時、本人は口にはしなかったが、ヤンゴーンも救出隊に参加したかったのだ。さすがにそれは不可能であった。

「別の形で埋め合わせするさ」とチタン。

「おまえら恐れ多すぎ」

以前よりはいくぶん軽い調子で、ロエルが言う。

「殿下《でんか》のことを、銀十字街にお連れしたことがあったのう」

ルターが懐《なつ》かしそうに言った。

銀十字街とは、悪名高き歓楽街である。

チタンらと知り合って間もない頃、ヤンゴーンが一生に一度は行ってみたいとぼやいたので、哀《あわ》れに思った三人は侍従らを騙《だま》して皆で行った。

王太子は歓楽街を存分に堪能したという（詳細は伏す）。

だがすぐに大変な騒ぎとなり、警団員が街中に緊急配備。その三〇分後には全員お縄となった。チタンら三名はかなりの叱責《しっせき》を受けた。

それからだ。ヤンゴーンと三人の本格的な親交がはじまったのは。

「それにしても、殿下の持ってきてくれた聖剣、惜しかったな」

ロエルの惜しげな態度に、チタンは出発前のやりとりを思い出す。

「私も力を貸す！　チタン、この剣を使って欲しい！」

と、抱きかかえてきた一振りの長剣を差し出したのだ。

「剣か。ううむ。俺はあまり使わんのだ。剣術の成績もいまいちだったし」

初等、中等、高等を通して体育では剣術の授業をやるが、どうもしっくり来たことがない。チタンが得意なのは斧《おの》とか槌《つち》だったことから、体格面との相性が悪いのではないかと思われた。それに二〇〇センチメの大男が手に持つ長剣は、半端な長さの短剣のようである。これならもっと巨大な剣か、いっそ短剣を持参していくべきだ。

「だがその剣は、魔法の剣だと聞く。岩をも乾酪《かんらく》のように絶つとか」

「本当か？」

チタンはやたらと煌《きら》びやかな鞘《さや》から、長剣を抜きはらう。

淡い蓄光が剣を包んでいた。

「うお、聖剣か！」

ケントマが身を乗り出してきた。

チタンは円卓に残された、三五〇ミルリタルの空き小樽《こだる》を切った。刃はかすかに鈴音を立て、樽を通り抜ける。紛《まぎ》れもなく魔法剣。それも先史文明からもたらされた逸品だろう。

「切れ味、えらくいいな。斬った気がせん。俺の短剣もここまで斬れないぞ」

剣を鞘におさめ、卓に置いた。

ケントマに、ロエルとルターが周囲に集まり、剣をぺたぺた触る。

「殿下、こんな上物《じょうもの》、どっから持ってきたんだ？」

「王国の宝物庫だ。主に戴冠式《さいかんしき》で使うものでな。この剣の他、あと六つの宝を手にすると、この国の正当な王であることを示すことになるのだ」

七つの神器がひとつ、聖剣カテーナ。

ケントマが烈《はげ》しくむせた。

「け、建国の礎《いしずえ》となりし至宝か。罰せられるかもな」珍しくもうろたえたが「だが、大変貴重な機会ゆえ、ぬしらも触っておけ触っておけ」

ぺたぺたを続けた。

「気持ちだけもらっておく。返す」

結局はそうなった。

ヤンゴーンはしょんぼりした。

「……やはり私では力にはなれんのだなあ」

そんな王太子にチタンは告げる。

「では、かわりに祈っていてくれ」

「祈る？」

「俺が無事に戻って来られるよう、仲間を助けられるよう、祈っていてくれ」

仲間とはそういうものだ、とチタンは結んだ。

くさい台詞《せりふ》である。

だが今日のチタンは、常よりも綺麗《きれい》なチタンであった。

そしてヤンゴーンもまた、まっすぐな言葉にたじろぐことはない人間だ。
王族の作法でチタンの前に立ち、品のある顔に微笑を添《そ》え、静かに宣言した。
「貴殿の今後の活躍を、心より祈念申し上げる」
就職はできなかった。
馬鹿にされたこともある。
ヨミカの所行にはとても苛《いら》ついた。
それでも苦労してこの大学に入って良かったと、チタンは心から思った。

†

明日の出発に備え、早めに寝袋に入った。
なかなか寝付けなかった。
「寝ておけ。明日がきついぞ」とロエル。
「ああ、わかっている」
チタンは目を閉じた。だが心がざわついて、落ち着けない。
ヨミカとシロが心配だった。
携帯端末を、何度も何度も確認する。事故当時、ヨミカから伝言が飛んできた。
そこには『そうなんしちゃいました（涙）』とある。

しちゃいました、ではなかった。

こんな伝言を誰が真に受けるというのか。助かる気がないのではないか。

だったら俺が、真に受けてやるさ。

チタンは携帯を握りしめ、胸元に押しつけた。

†

翌日、快晴。

救出班、五隊、出発。

　山が冗談のように聳《そび》えている。

中央峰の壁は、強風により雪の侵入もなく、まっさらな岩肌をさらしている。

ケントマ班の五人は、両手斧《おの》を使う方法で、岩が無数に突き出た地形に取りついている。

先行するのはケントマだった。

目を利《き》かせ、目的地までの最適解を見いだし、実際に登ってみせ、指示を出す。多少の経験があるとはいえ、学生である。この救出隊に八〇〇〇メーテルを攻略する力はない。

遭難現場までの経路を発見する。それが役目だ。

いずれかの隊が現場を発見した場合、他隊と連絡をとりあい、遭難者たちを運ぶ経路工作を行わねばならない。

「止まれ、落石だ。避難態勢」

ケントマが指示を出す。続く四人は、近くの大岩に身を隠す。

拳《こぶし》大の石が、硬質の音を立てながら岩肌を弾んできた。樹脂球のように跳ねている。もし頭に命中したら、兜《かぶと》ごとひとたまりもなく打ち砕かれるだろう。

「よし。移動再開」

慎重に時間を置いて、再び登る。

遭難者は山の内側にいる。霧《きり》が運んだのであれば、入り口は物理的に存在するはずだ。それを五隊がかりの目で見つける。洞穴《どうけつ》を発見しても、それが現場に続いているかはわからない。ひとつひとつ、確かめる必要があるのだった。

焦《あせ》るな。チタンは自分に言い聞かせる。

たとえ遭難状態であっても、すぐ死ぬわけではない。氷河の亀裂《きれつ》に落下して脚を折り、そこでほとんど飲まず食わずで二週間生存し、救助された例もある。

チタンたちの移動は、まるで這《は》いずる虫のようだった。たった一〇〇メーテル上がるだけで、ごっそりと体力を使う。チタンはまだ平気だが、ロエルとルターはやや疲労の色が濃い。

休憩をとりながら、進んでいくしかなかった。

熱い茶を飲み、黒冷糖を口に放り込む。

高山での行動食は、口中で溶けるものが良いのだ。

「……ここで露営《ろえい》だ」

夕方を過ぎた頃、ほどよい場所を見極《みきわ》め、ケントマが決めた。

まだ進みたいところだが、夜になったら動かない。冒険の鉄則だ。

携帯でヨミカに返信を試みる。返事はない。完全に伝書網から遮断《しゃだん》されているのだ。

今夜はとても眠れそうになかった。

「……ケントマは、なぜ冒険をする？」

隣で寝ている男に、話しかけた。

「それは、あまり言葉にしたことはなかったな。さあ、どうしてか……」

今はじめて考えるみたいに、ケントマは呟《つぶや》いた。

「だいたいは以前おぬしが言ったとおりよ。騎士でもなくば戦士でもない。そうすると冒険者としての自分が残る」

「しかしケントマの時は、就職氷河期ではなかったのだろうに」

「そうだな。今ほどおかしなことにはなっていなかった」

「仕事をしながら冒険をするのは駄目だったのか？　その方が、一切の保証もない生活をするより、よほど利口だ。冒険にかけられる時間は減るだろうが、行けないことはない」

「普段は商会に勤め、週末は冒険か。週末冒険者だな」

ケントマは笑った。

「そうだな。利口な生き方なのは間違いない。今の若者は、保証を好むものなあ」

「悪いのか?」

「悪くはない。堅実なこと、利口なことは、悪《あ》しきものではないよな。だが俺は、大学生の頃にな、ふと思ったことがある」時古《ときふ》りた記憶から埃《ほこり》をはらうように話す。「どこかに勤めるということは、軌跡の敷かれた人生を歩むことだ」

似たたとえを、チタンもよく使った。

「この学歴なら、成績なら、このくらいの商会に入れて、初任給がこのくらい。そして何年働けば昇給はこうで、最初の昇進は何歳くらい。結婚もあるところまでに済まさねば世間体が悪くなり、出世に響く。子供を作る時期も大切だ。仲間と合わせねばならんからな」

「良いではないか……幸福な一生だ」

幸せな人生だとチタンは感じた。

「だろうな。だが俺は、そういうことが全て事前に決められてしまうことが、たまらなかったよ。うまく言えないがな、俺がやりたいのは、全身全霊のことだ。死ぬような思いだ。それをやりきったら、魂《たましい》の最後の一滴までも絞り尽くして、身じろぎ一つできなくなるような。そんなひりつく生だ」

「……商会での仕事では、それは得られぬか」

「得られぬだろうなあ。人の中で仕事をするとは、他者と向き合うことだ。人と会うことが糧《かて》となる世界だ。社会とはそうしたものよ。だが冒険は違う。冒険は、自分と向き合う。ともに岩にとりつく者はいよう。だがそれは単なる同僚とは違う。互いに見つめ合うことはない。それぞれが上を見る。この違い、わかるか？」

「…………」

「勘違いするな、人嫌いなのではないぞ？　だが技術で人と付き合うつもりに、どうしても俺はなれんでな。ましてや仕事のため、それをしようとはどうしてもな」

チタンは無言で話に耳を傾けた。

「決死の冒険から戻ってきた時、もし隣にいたそいつが生きていてくれたら、なんとも嬉《うれ》しいものだ。生きる励みになるし、そいつのことがもっと好きになる。俺は冒険のたび、どんな仲間でも好きになることができる、たいした博愛主義者様よ」

ケントマの口ぶりは、子供が玩具《がんぐ》を自慢するようだった。

「俺はなチタン、要するに、命を懸《か》けて自分をからっぽにしに行くのだ。そうすると、全身で自分と世界を感じることができる」

冒険は良い。

ケントマは喘《あえ》ぐように言った。

言葉はチタンの乾いた心に、深く浸み入った。

「そろそろ眠れ。力をたくわえておけ。それが必要になる時を思って」

†

翌日、快晴。
全隊問題なし。六時半、出発。
入り口を発見したのは、右の経路を進む第三隊だった。
小さな点にしか見えぬ第三隊の姿を、ケントマは肉眼で確認できた。
手信号で伝達を行い、もっとも近いケントマ隊が入ることに決まった。
「穴はどこだ？」
「右手の鼻のような形の岩の下だそうだ。鼻の穴に入る」
ケントマが告げると、皆が軽く笑った。
穴は、はじめてのことではない。
ここまでですでに二度、穴を調べている。
最初の穴は一〇時に発見された。第四隊が調べたが、袋小路だった。
次は昼前、第二隊が横穴に入り、同じく袋小路。
三度目であった。

三度目の正直を期待したかった。

ケントマ隊は、両手斧《おの》で岩肌を横に移動していく。滑落《かつらく》すると数十メーテル下まで真《ま》っ逆《さか》さまなので、さすがに慎重に行く。

洞窟《どうくつ》内に入る。縦穴をほんの一メーテルほど登ると、すぐ真横に折れていい感じに這《は》い進めた。

「奥があるぞ！　時間をかけて調べてみる。ワグチカに手信号を言付けてくれ」

横穴は奥に進むに従《したが》い、次第に広がっていた。

兜《かぶと》に照明を装着し、点灯する。

「……これは、人為的な構造だな」

横穴は明らかに、人の手が入っている。地面が平らにならされていたし、鋭角的に切断された石材がいくつか転がっていた。

通路か、それに近いものであった。

しばらく進むと、道は二手に分かれた。右に進んでみる。

下方に短冊状の切れ込みを発見。その先には、光を吸い込む広い空間が広がっている。

「ここだ。ここを徹底的に調べることにする。他の隊にも来てもらうことになるかも知れん。しばらく待機するよう伝えてくれ」

高度はちょうど四三〇〇メーテル。事前の情報とも一致した。

　チタンは頬《ほお》を両手で思い切り叩《たた》いた。

　山中に刳《く》り貫《ぬ》かれた巨大な空間を利用した、施設のようだった。

「いきなりあたたかくなったのう」

　ルターが防寒具の襟元《えりもと》をゆるめた。

「熱制御が働いているな」

「遺跡だろうか」

「かもな」

　考えるのはあとだった。今は避難者の救援に行かねば。

　だが少し進んで現れた生白き森が、一行の進行を阻《はば》んだ。

　菌類の森だ。

　背は低いが、壁からも生《お》い茂《しげ》っているため、生身では通れないほどに密である。

「ますは壁から離れ、まっすぐに進んでみようではないか。チタン、下生《したば》えを刈《か》るのを手伝ってくれ」

「うむ」

　ケントマとチタンが先頭に並び立ち、斧《おの》で茸《きのこ》を叩き落としながら、道を作っていく。

「これは、先史文明のものなのでしょうか?」

ロエルの質問に、ケントマは答える。

「先史文明に共通する特徴がある。そうだろう」

まず先史文明の多くは、地底か、それに類する場所に発見されるという。それも火山や溶岩の発生しやすい地形も好んで選ばれる。

魔法の基本原則は、熱処理だ。

精霊を激しく動かせば熱になり、動きを止めれば凍結させる。

だから途方も無い魔法技術があるなら、高熱環境を克服することは難しくない。余剰の熱を別の力に変換することもできる。天然の火力炉として。

「わざわざ穴を掘ってまで街を作らんでもよかろうにの」

地底の王たるドワーフが、種族的努力を無に帰す発言をした。

「この山がそうであるように、火山活動は鉱物を溶かし結果的に魔力のみを抽出する。高密度の魔力を使い、大がかりな魔法を無尽蔵に使うのだ。山に穴をあけること自体は、さほどの苦労もないのだろう」

「平地は魔力が薄いから、先史文明は都市国家ばかりということですな」

チタンがその時、大きく齧《かじ》り取られた茸《きのこ》を発見した。

大きな茸だ。大人ほどもある。それが派手に食い荒らされている。

「……おそらく、小動物がいるな。生態系ができているということなら、気をつけてくれ。

肉食のものがいる可能性がないとは言えん」

歯形を調べ、ケントマが言った。

さらに進む。

茸を叩《たた》くごとに、羽虫が舞い散る。

念のために空気筒を装着しているから、平気でいられるが、気持ちのよいものではない。

「……見たことのない虫ばかりだ」

「文明が滅びた後、この閉鎖環境に外から生物が入り込んだのだ。そして長き時をかけて、独自の進化を遂げてきたのだな。生物学の宝庫と言える」

しかし、ここに大勢の学者を招くことは、今世紀中にはできないだろう、とケントマは言い切る。数か月もすれば、霧《きり》が山の全てを覆《おお》ってしまうからだった。

「獣道《けものみち》か。あまり使いたくはないが」

さらに進むと、きれいに刳《く》り貫《ぬ》かれた丸い通路に出た。

「わしは楽に通れそうだわい」と、ルター。

「おぬしは良くても、俺たちは中腰になってしまうではないか」

そんな状態で獣と鉢合わせはしたくないものだが。

「……よし、使おう」

獣道は空間の中央に向かって延びている。

大幅な時間短縮になるとケントマは判断した。

それは多少の危険も覚悟の上で進むということであった。

幸い、獣道《けものみち》の主《あるじ》と出会うことはなかった。森の密度が高い箇所を抜けると、獣道もぼやけていき、そのうちなくなった。

「む、森を抜けたか？」

あるところから急に、巨大茸《きのこ》が途切れた。

「ああ、ここからは床がはめ込まれているのか」

足下を見ると、人工の畳石が敷き詰められている一帯になっていた。

「森を抜けた途端、暗くなったぞ……」

ロエルが不安げに声を漏《も》らす。

茸の森では光が反射し、周辺がぼんやりと照らされていたが、それがなくなったのだ。

「……都市がある」

ケントマが呆然《ぼうぜん》と呟《つぶや》いた。

チタンは目を凝《こ》らす。

空間のずっと向こうに、鈍く光る赤線が浮いていた。線は不規則に直角を描き、左右に果てしなく延《の》びていた。

都市の輪郭《りんかく》に思えた。

向こう側《がわ》にわずかな光源があり、都市を浮かび上がらせているのだ。おそらく、それは河口なのではないかと考えられた。

「新しい、未発見の、先史文明都市か」

ケントマは歯をきしらせた。

冒険者にとって、それこそが求めるべきものなのだ。だが今は行けない。そして今を逃《のが》せば、二度と再び訪れることはできない。

その時、闇《やみ》の奥から悲鳴が聞こえてきた。

「ケントマ！」

「……行くぞ」

一行は悲鳴のする方に向かった。


わずかな雑草ばかりが生える石畳を進むと、正面から男がふらつきながら走ってきた。

ケントマ隊の放つ複数の光源が、男を真正面から照らした。

「イディア殿ではないか？」とロエル。

「おお、ロエル殿……それにチタン……ケントマ師……ああ！」

イディアは一行の前で、跪《ひざまず》いた。

ひどい状態である。衣服は各所が破れ、薄汚れていた。本人の疲弊《ひへい》もひどく、顔のあちらこちらにかすり傷を作っていた。

「他の者はどうした⁉」

チタンが強く問い詰めた。

「わからん！　俺も必死で逃げてきて……」

「説明してもらおうか」

「野営地が霧《きり》に包まれて、気がついたらここにいて……それで……ああ！」

イディアは普段とは別人のように、頭を抱《かか》えてうずくまった。

「落ち着け。救出に来たのだ」

イディアはケントマにすがりついた。

「魔獣が！」

「魔獣だと？　どんな姿だ？」

「わからん……おそらく、何かに襲《おそ》われたのだ……それでばらばらになってしまい……そうだ、霧が運んだのだとヨミカが」

「ヨミカが？」

「ああ、霧だ。霧が連れ去って、野営地から、我々《われわれ》は攫《さら》われたのだと」

イディアは混乱のあまり、順序立てて話せなくなっていた。

「埒《らち》があかんの」とルター。

「イディアよ、責任者なのだからもう少ししっかりしてくれ。どこから逃げてきた？　それだけでもわからんか？」

「わからん、暗くて、明かりは何人かしか持っていなかったし……」

暗闇《くらやみ》の中、何かに襲われて、仲間とはぐれた。

どうやらそういうことだった。

「どうするケントマ」

「連れて行こう。そのうち落ち着くだろう」

「いやだ、私は行かんぞ！　すぐに避難させてくれ！」

「そういうわけにもいくまい。この冒険の企画者は誰だ？　残りの者を見捨てる気か？」

チタンが言い聞かせると、イディアは弱々しくへたり込んだ。


壁沿いに進んでいく。イディアの来た方角から、遭難者たちはそのあたりに固まっていると考えられた。その予測は的中し、一〇分もしないうちに、学生の一団が固まってすすり泣いているところに出くわした。

光を当てると、全員が息を呑んで恐怖の表情を向けた。

「助けに来た。皆、無事か？」

学生たちは頭を振る。何かを訴えたがっているようだった。

「どうした？　これで全員か？　助けに来た」

チタンが前に出て呼びかけると、学生たちは少し冷静になって、ある一方を指さした。

そちらを、見た。

闇《やみ》のすぐ向こうから、女の悲鳴が聞こえてきた。

ケントマが光筒の先端を向けた。

それは、六座席の自動（馬）車程度の大きさがあった。全長でいうなら、四から五メーテル。角質で覆《おお》われた扁平《へんぺい》な体をしていた。四本の太い脚は子供ほどもあり、長い首と尾を持っていた。生物学のどのような素人《しろうと》だろうが、その顎《あご》を見て肉食であることを疑わない者はいないだろう。竜だった。

竜が四肢を伸ばした。

その上背が倍近く高くなった。さらに鎌首となり、草食の首長獣めいた異様な姿へと変貌を遂げた。地を這《は》うことも、天井に牙《きば》を立てることもできるのだ。

竜には三つの目があった。通常のふたつはすでに退行しており、額《ひたい》にあるひとつの赤目だけが爛々《らんらん》と輝いていた。

竜の口元は、血で真っ赤になっている。

その眼下に、女がひとり横たわっていた。下半身が凄絶《せいぜつ》なほどに赤い。

チタンが地を蹴《け》った。

その竜が、熊より弱いことはまずないはずだった。

チタンは光を背にして、竜に迫った。

斧《おの》を振りかぶり、投げつけたが、当たらなかった。

チタンは魔法の短剣を抜き、竜の頭に摑《つか》みかかるように振り下ろした。

刃の先端が脳天に突き立ち、そのまま地面にまで縫《ぬ》い止めた。そして体重をかけて踏みつける。何度目かであっけなくその頭は破裂した。

全身を波打たせる竜。

完全に動かなくなると、チタンは兜《かぶと》の光源を女に向けた。

ひとりかと思ったが、ふたりだった。

クインが倒れていて、その上にチアリーが覆い被《かぶ》さっていた。その歯が小さく打ち合わせされ、鳴っていた。

恐怖のあまり、自分が助かったことにも気付いていないのだ。

クインは大腿部を強く嚙《か》まれていた。

失血が激しく、危険な状態だった。毒を受けている恐れもある。ケントマが応急処置を済ませたが、本格的な治療が必要になるだろう。

「チアリー、ヨミカはどこだ」

やっと落ち着いたエルフに尋《たず》ねた。

「……あの子に、助けられたんです」

青い顔をしていたが、チアリーはイディアよりは冷静に説明した。

転移した直後、ヨミカは全員を起こし、まだ見ぬ危機から避難をさせようとしたらしい。だが安全な場所を探すうち、先の竜に見つかり、あとをつけられてしまうことになった。

竜は強い嗅覚を持っているようで、脚は遅いがいつまでも追ってきた。

学生たちは一睡もせず、休憩もとらず、ひたすら逃げ続けてきたのだと言う。

ついに追いつかれた時、狙われて半狂乱になったチアリーの前に、ヨミカが斧《おの》を手に立ちふさがった。だが逆に足首を嚙《か》まれ、闇《やみ》に引き込まれてしまった。その際、指揮を執《と》るべきイディアが逃げだしたことで、学生たちは壁にすがるしかなくなった。そういうことらしい。

チタンは血の凍るような感覚で話を聞いた。

「竜は二頭いました」

そうも付け足した。残る一頭に、ふたりは襲《おそ》われていたのだった。

「ヨミカが連れて行かれたのはどっちだ？」

チアリーは闇の深い一方を指さす。チタンはその方角に足を向ける。

誰かが止めねばならなかった。普段なら、現代人の常識として、誰かがそうしたはずだ。危険だとか、冷静になれとか、そういう止め方をした。だが竜を屠《ほふ》ってみせた男がまとう鬼気迫る雰囲気《ふんいき》が、それを許さなかった。

「行くがいい」

一番止めるべき立場のケントマが告げた。

「ケントマ殿……それはまずい」とワグチカ。

「こいつは世にも珍しい、怪物と戦える男なのだ。叙事詩の英雄にも並ぶ」ケントマの顔は夢でも見ているようだ。「冒険者は普通、怪物とは戦わん。だが英雄なら、戦う。行け。できたら戻って来い」

チタンは頷《うなず》いて見せた。

「おい、チタン。いくら何でもひとりじゃ無理だ。俺も付き合ってやる」

ロエルが懐《ふところ》から短い棒を取り出す。操作を加えると、たちまち華奢《きやしゃ》な剣へと変化した。かつて黒エルフが使ったという特殊武具、携帯用万能棒だ。十徳小刀《じっとくこがたな》に似たものである。

十徳小刀は構造が複雑で、強度がない。同じ弱点を持っていそうな武器だった。

チタンは険《けわ》しかった表情をいくらか和《やわ》らげ、言う。

「皆の避難を手伝ってやれ」

闇の中でヨミカは目覚めた。

足首に噛みつかれ、ここに引き込まれた。死んだかと思ったが、生きている。

生きてはいたが、足首は折れていた。暗いからわからないが、血のにおいもする。

無理かな、と妙に冷静に考えた。歩けそうにない。

友達でも何でもない相手を助けようとしてしまった。不思議《ふしぎ》だ。

光筒を捜す。見つからなければいいのにと思いながら、地面をまさぐると、あっけなく見つかった。

光を灯《とも》し、もし怪物に囲まれていたらと考えると、身震《みぶる》いが止まらなかった。

あたたかな暗闇《くらやみ》の中で、うずくまっていたかった。

「…………」

考えて、考えて、考えたあげく、つけた。

廃墟《はいきょ》のただ中にいた。

どうやらただ一種の建材でつくられた、緋色《ひいろ》の街である。

街路は荒れ、家々の壁は崩れていた。建材は老朽化し、いつ崩壊してもおかしくないと思えた。そして見る限り、都市にはただ一片の木材さえ用いられていないか、あるいはとうに朽《く》ち果てていた。

整然《てい》と計画された都市だ。街路が縦横に走り、民家は天井まで縦積みされ、集合住宅の様相を呈していた。かつての住人はさぞかし息苦しい生活を強《し》いられただろうが、今の住人にはそんなことは関係ないようだ。小さな虫や爬竜類《はりゅうるい》が、あちらこちらで蠢《うごめ》いていた。

そして自分を狩ることには成功したはずの竜が、なぜか目の前に横たわっていた。

首から先がない。食いちぎられている。

いったい誰が、こんなことを？

「……シロ？」

最後まで一緒にいたはずだった。

途中からシロが轟《とどろ》くような声で吠《ほ》えたて、それが混乱に拍車をかけていたことを思い出す。

だがそのシロの姿もない。食べられてしまったのか。そんな考えがよぎって、悲しくなる。

逃げていて欲しいと思う。魔獣のはしくれなら。

さて、ではどうするか。

うずくまるか？　それがいい。そうしよう。死ぬまで。まずは照明を消す。

本気で実行しかけた時、声をかけられた。

「何をしてる？　丸くなって」

でかいのが、傍《かたわ》らに立っていた。

「……チタンだ」

不思議なことに、特に嬉《うれ》しくもなかった。とても不思議だ。

かつてのチタンがそうなったように、感情を置き去りに、涙だけが溢《あふ》れた。

「あ、あれ？　あれ？」

「死んだかと思って、心配したぞ」

竜の死体を気に掛けながら、チタンはしゃがみこんだ。

「足首、折れてるな。応急処置をする」

「ぎゃー！」

死ぬほど下手《へた》だった。純粋な苦痛の涙が、さっきまでのそれを上書きした。

「自分でやる！」

医療袋をむしり取る。ふつふつと生きる気力が湧《わ》いてきていた。

「こいつは誰がやった？　まさかおぬしか？」

「できるわけないでしょ。起きたら、死んでた。何もわからない」

チタンは考え込む。

「こいつをこんな風に殺せるものが、他にいるということだな」

痛み止めの湿布《しっぷ》をはり、患部を簡易的に固めたヨミカを、チタンはすぐに抱き上げた。

「……あのさ」

「言いたいことはわかるが、急ぎたい」

ふたりが耳まで赤くしながら睨《にら》み合った、そんな時だった。

「後ろ！」

チタンが振り返ると、見たことのない巨大なものが、建物の陰から顔を突き出していた。

竜の二回りは巨大だった。

かろうじて人の形をしている。あるいは、とどめていたと言うべきか。

一言で説明するなら、巨人だ。

皮膚《ひふ》は苔《こけ》むして青ずみ、全身節《ふし》くれ立ち、体の部分部分が不統一に肥大化したものだった。

奇怪な姿をした巨人は、虚《うつ》ろな執着を感じさせる目で、チタンとヨミカを凝視している。

蝶《ちょう》の羽を引きちぎる時の、子供の顔をしていた。好奇心で竜すら殺してのける、人であり怪物でもある境界線上の存在、トロルである。

チタンは後ろに下がった。

トロルはチタンに目を据《す》えていた。微動だにしない。

さらに後ろに下がる。ゆっくりと、目を離さずに。

逃げるしかない相手だった。

不意に、トロルが腕を伸ばした。チタンの頭を指先がつまもうとした瞬間、白い光が視界を埋め尽くした。チタンは目をきつく閉じる。

強引に目を開くと、回復した視野の中心に、脳天が半分ほど削り取られたトロルの姿があった。巨人は我《わ》が身に起きたことを理解せず、頬《ほお》をかく。自分が今、何をしたかったのか、記憶ごと削られたみたいに、きびすを返した。

一〇歩ほど歩いて、倒れた。

「なに、今の？」

今なお燦然《さんぜん》と白色光がさす方向に、自然と目が向いた。

「……シロだ」

廃墟《はいきょ》の上に、白く輝く、犬のかたちをしたゆらめきが立ちのぼっている。

ゆらめきの中央には、等身大のシロが同じ姿勢で座っている。シロは探るような目で、人間たちを見つめていた。まるで何かを確かめようとするかのように。まるでチタンやヨミカが、同じかたちをした別物でないかと疑うように。

その瞬間、チタンの頭であらゆる破片が繋《つな》がる。

「ああ、そうか。わかったぞ、シロよ」チタンは優しく、高処《たかみ》の犬に語りかける。「おまえのことが、今わかった」

「チタン？」

「シロにとって、人というのは、弱いものだったのだな」

魔獣の嗅覚と本能は、魂《たましい》を透かし見るのだ。わずかな異変も、見逃《みのが》しはしない。そうでなければ、生態系の頂点には君臨できぬだろうから。

自分を偽《いつわ》って生きる、矮小《わいしょう》な存在。それがシロにとっての人間なのだ。悪いことではない。どんな動物だって、生きることに汲々《きゅうきゅう》とするものだ。

そして、その弱いものを主《あるじ》として愛した。

チアリーやケントマに吠え立てた理由がよくわかる。

魂《たましい》に負い目のない者は、シロにとって人間とは見なせないからだ。

自由闊達《じゆうかったつ》に生きるもの、自己流の正しさをまとい、陽光のように輝くもの。それはもはや動物ではない。絶対的存在だ。

さぞや、薄気味悪かったことだろう
「おまえの気持ち、少しわかるぞ、シロ」

真に自由な精神の持ち主の前に立ったなら、誰でも理解できることだった。

人間だから愛せたのだな。

そして、人とともにいるために、ただの犬でいたかったのだな。

それは俺と、似たような考えじゃないか。なあ?

だから、懐《なつ》いたのか。

魔獣は長いこと、孤独に生きていく。同種に出会う可能性は、天文学的に低い。そして、それまで生き続けることができてしまう。

シロはチタンを透かし見る。今までとは少し違ったものを感知して、揺れ惑《まど》う。高所から飛び降りて、駆け寄って良いものか、迷う。

「俺はもう、道の上を歩くことをやめたのだ、シロよ」

人間として正しいとされる利口な道を降りて、そして今、ここにいる。冒険嫌いが決して来ることのない場所に、ヨミカとともに。

「シロ。俺が違って見えるか？　悪いが、もう肩を縮めて生きるのはやめたのだ」

ヨミカが、チタンの言葉を噛《か》みしめるように聞いていた。

「お互いに、時が来たのかもな」

シロはかすれるような声を、喉《のど》から漏《も》らした。

野生の生き物が、誰かに優しく触れられるということはない。それは獣《けもの》たちにとって、未知の文化なのだ。だから、野に還《かえ》ったら、もう得られない。

撫《な》でてもらえなくなる。

だが魔獣がもう、地上では生きていけないことも確かだった。成長期が来ているのだ。魔を吸い、その身を閃光《せんこう》に変えて、野を駆けるべき時が。

太い腕の中で、ヨミカがはっとした。

同じことに、気付いたようだった。

「行きなシロ！」ヨミカがけんめいに叫ぶ。「もう行っちゃえ！」

野生の動物は、ある日、唐突に子供を突き放す。子離れのためである。

チタンはシロを前に、背を伸ばした。

今まで縮めがちだった背骨を、頭で天を突くように伸ばした。

そして思った。自分の道を歩いて行く、これからの人生を。その様はシロにとって、ケントマヤチアリーと同質かそれに近い、何かであるはずだった。

シロがひときわ切なげに耳を伏せた。咳《せき》をするように、繰り返し、か細く鳴く。

「行けー！　もう行けー！」

もはや高所から降りてこようという気配はない。あと一息だった。

チタンは深呼吸をひとつして、今までの自分に別れを告げた。

「……吠《ほ》えないのか、シロ？」

優しく問いかけた。

シロは激しく反応した。

輝く粒子の衣《ころも》をまとった魔獣は、四肢を突き出すような姿勢で、顎《あご》を跳ね上げる。

そして以前とは別物のように変容してしまったチタンにではなく、その気持ちに答えるように、高らかに咆吼《ほうこう》をあげるのだった。

「ウオオオオオオオオオオオオオオオオオオオオオ――――」


チタン骨砕《ほねくだき》はこの瞬間、何かになっていた。

†

救出完了。下山。死亡者なし。

「遺跡で、これだけでもと思って拾ってきたんだが」

野営地に戻り、いろいろなことを頭で整理している時、ケントマが現地でくすねた財宝を見せに来た。だがその表情は、陰《かげ》っている。

いくつかの出土品の中に、チタンが持つのと似た短刀があった。

それは、状態の良い石箱におさめられていた。箱には、薄い石版も封入されている。

「……この石版なあ、どう思う?」

どういう技術なのか紙のように薄い石版には、色鮮やかな絵と文字が描かれいて、読めはしないのだが、なんとなくそれは、

「広告、のような気がする」

「うむ……食材を切断している絵だ、これは」

石版の一部を指で叩《たた》く。

つまり。

包丁《ほうちょう》だ。

チタンは高らかに笑った。

「こいつは、魔剣ではなく、ありきたりな包丁だったか!」

ケントマは不機嫌そうな顔をした。

「これは傑作《けっさく》だケントマ!　冒険が今はじめて楽しいと思ったぞ!」

いつまでも笑えそうな気がしていた。

「……なんだか急に人生が色あせた気分だ」

海より深く落ち込んだケントマが、大きくため息をついた。

普段、冒険に行くときの格好で来て欲しい。そう頼まれ、一瞬だけ紺《こん》の甲冑《かっちゅう》を引っ張り出すべきか迷ったが、結局普段着に上着を羽織《はお》るだけにした。

憧れていた大手出版商会の門を、こんな形で潜《くぐ》るとは思ってもみなかった。

もっとも用事があるのは、大組織の中のごく小さな編集部である。

『剣と魔法』という冒険雑誌を出している。

小さな会議室に通され、そこで面接した。冒険者になろうと思ったきっかけ、冒険によって得たものは何か、あなたにとって冒険とは何か。いくつかのありきたりな質問を受けたが、良い回答はできなかった。嘘《うそ》でも冒険が大好きだと答えられれば良かったのだが、それができるなら就職できていただろう。編集者もあまりおもしろみがないと感じたのか、少し踏み込んだことを尋《たず》ねてきた。

——冒険は好きではないということだが、ではどうして今でもそれを続けているのかね？

「それは俺が、冒険者だから。……こんな答えで申し訳ない。でも、そうなので」

——それだけで、命まで懸《か》けて？

「命を懸けているというつもりは、あまりないです。危険は極力、避けるようにしているから。命懸けというのは結果です。ただ……あそこには仲間もいるし」

——あそことは？

「冒険で行く先々。標高八〇〇〇メーテルだとか、あるいは地底とか」

──いるだろうか？　遭難者の遺体なら転がっているだろうが。それに単独の冒険であれば、仲間はいないのでは？

「いますよ。たくさんではないけど。人だけとも限らない。冒険してる人、多いです」

──変わった冒険観だと思う。若いのだから、財宝狙いだとか思わないものかね？（笑）

「冒険で財宝なんて手に入らないですよ。廃墟《はいきょ》にはいいものなんて落ちていない。希《まれ》に何か見つけても、冒険費用と相殺《そうさい》になる。そのかわり、どこかにいる仲間を感じられる」

──さっきも出たが、その仲間というのは？

「うまい言葉が見つからないんです。人並みの人生というやつには、座席に限りがあって、それを皆で奪い合ってる。そこからあぶれた者が、別の道を探しはじめたなら、そいつは誰だろうと冒険者、仲間ですよ。辿《たど》る道筋は人によって違う。俺の場合、それが主《おも》に岩壁だという話で。そんなところを登るのは大変だから、やっている時は何も考えないで済む。打算とか、そういうこと、考えるの苦手です。頭を真っ白にして、やるだけ。だけど休んでいる時、たまに仲間の存在を強く感じると、生きる力が湧《わ》いてくる。どうして冒険をやるのか、それは、どうして生きるのか、という問いと同じです。理由はないです、たぶん。俺をやっているだけ」

†　†　†

男が岩を攀《よ》じている。

すがりつくように、攀じている。

天から見ると、男は豆粒よりも小さい。取るに足らない存在に見える。

取るに足らない存在が、岩にとりついて、あくびが出るような速度で、上に向かっていく。

瞬間瞬間に命を懸《か》けて、どこまでもどこまでも登っていく。

死ぬまでは、登り続けることだろう。

了

あとがき

……納期、間に合わなかったです。

それは笑って許される範囲を、二歩ほど越えているくらいの遅れだった気がします。さすがに冷や汗をかきました。予定通りの発売はとても無理だと思い、ギブアップしようかと何度も考えました（しました）。しかし、なぜか完成しました。いったいこれは……？

まあ間に合いましたが、現場被害は甚大《じんだい》だったと思われます。

「○○（本名）の野郎、やってくれるぜ！」

――小学館第二コミック局コロコロコミック編集長

「また○○（本名）かよ！　いい加減にしろよ」

――小学館マーケティング局書籍営業一課副課長

「○○（本名）死んでくれねーかな」

――小学館マルチメディア局クロスメディア事業センター

ということを、現場では言われているかも知れない。恐ろしきことです。

最初、この本は必要以上に売れなくても良いくらいの気持ちでしたが、こうなってくると死一等を減じていただくためにも売れて欲しいものですなあ。

本書は、色物好きにおすすめの一冊となっております。変化球的な色物ではなく、直球の色物になっています（こういう表現しか思いつかない）。

いかに夢も希望もないファンタジー作品にするか、ということに心を砕きました。その点には自信があります。また今回、小学館というさる大手出版社が身近にありまして、その社員や内定者の皆様に就活アンケート的なものを取ることができ、とても参考になりました。

アンケートに協力をしていただいた各位には心から感謝するとともに、今後ますますのご活躍を心よりお祈り申し上げます。

ということで、本作の就活描写の何割かは実話に近いものと思っていただいて間違いありません。もし学生の皆さんが本書を読み「絶対に就活なんかしたくねー！」と思っていただけたなら幸いです（社会悪）。

かくいう私もゲーム会社に入る時にそれなりに膨大《ぼうだい》（たぶん五〇社程度）な就活経験がございますが、紙幅が尽きてしまいましたのでこの話はまた別の機会にでもさせていただこうかと思います。

次作はノストラダムスの大予言を信じるなら、イヤボーン式ヒーロー物になるはずです。

そいじゃ、また。

GAGAGA
ガガガ文庫

犬と魔法のファンタジー

田中ロミオ

発行　2015年7月22日　初版第1刷発行

発行人　丸澤 滋

編集人　野村敦司

編集　星野博規

発行所　株式会社小学館
〒101-8001 東京都千代田区一ツ橋2-3-1
[編集]03-3230-9343 [販売]03-5281-3556

カバー印刷　株式会社美松堂

印刷・製本　図書印刷株式会社

Printed in Japan ISBN978-4-09-451563-3